七十歲死亡法案，通過

垣谷美雨——著
李佳霖——譯

目錄

七十歲死亡法案正式獲得通過。

根據這項法案，凡是擁有日本國籍者在七十歲生日後的三十天內都非死不可，唯有皇室成員例外。此外，政府預計安排數種安樂死方式，讓七十歲死亡法的適用對象可從中自由選擇。

根據政府試算，這項法律一旦正式施行後，因高齡化所導致的國家財政困難將可獲得緩解。此外，包含超過七十歲以上的人口在內，法律施行後第一個年度的死亡人口數約為二千二百萬人，第二個年度開始每年將會有約一百五十萬左右的人口死亡。

近十年來日本以超乎預期的速度朝少子高齡化社會發展，伴隨著此現象，年金制度瀕臨瓦解，醫療預算也即將見底。此外，即使看護保險制度的適用條件標準逐年提高，政府的財源還是處於入不敷出的窘境。

這項法律理所當然地遭受到世界各國的抨擊。除了被視為侵害人權的終極法案外，包括宗教團體在內，各國都在議會中提出聲明要求廢除這項法案。

然而，飽受少子化問題困擾的義大利與韓國則是採取了靜觀其變的態度。另一方面，中國則是因為受到長期以來的一胎化政策影響，少子高齡化也正持續加速中，老年人口超過總人口的兩成只是時間的問題。中國人口的兩成約為日本總人口的兩倍，也因此，據說這條法律在日本施行後收效如何，是目前中國政府相當關注的焦點。

二次世界大戰後，日本的糧食問題快速獲得解決，醫療技術也有長足進展，拜此所賜，人口的平均壽命也與日俱增。

長壽對於人類來說，真的是幸福的嗎？

本該是讓人感到可喜的長壽，但現在不僅壓迫政府的財政，更是毀掉了負責看護的家人的人生，這些都是無可否認的事實。

這條法案今後勢必也將持續引發全球的議論。施行日訂在兩年後的四月一日。

〈週刊新報　二〇二〇年二月十五日〉

第一章　真希望婆婆可以早點死

寶田東洋子正準備曬衣服，才踏進院子，就聞到一股不知從何飄散而來的春天氣息。

但即使春天降臨了，但卻連去賞櫻都沒有辦法……。

開始負責看護婆婆以來，今年已經不曉得是第幾年的春天了。

以前一起讀女子大學的朋友們，聽說到吉野賞櫻去了，跑得可還真遠呢。一開始只是在東京都裡的餐廳聚聚餐，後來變成觀賞舞臺劇和小酌，再接著是兩天一夜的旅行，今年聽說變成了三天兩夜。大家在養兒育女上似乎都告一段落，睽違了二十個年頭，現在總算可以好好享受屬於自己的自由時間。

——大家都心知肚明的啦，能夠放縱的時光也就那麼一下子，誰也說不準什麼時候要開始照顧老人家。一想到也就只有現在能悠哉度日而已，才會像是不曉得在趕什麼一樣，無法悠哉地遊覽名勝古蹟，而是儘可能走馬看花地多去幾個地方。

忘了是什麼時候，朋友一面在電話上如此說道，一面帶著自嘲的口吻呵呵地笑著。

但是自從七十歲死亡法通過以後，這樣的想法就徹底瓦解了。兩年後這條法案施行後，七十歲以上的老人全都非死不可。拜此所賜，現在因為必須看護親人而痛苦不已的人全都能獲得解放。同時，不曉得將來哪一天必須看護親人、抱著悲壯心情做好心理準備的人也毋須擔憂了。

沒有婆婆在的家裡……。

東洋子試想了一下兩年後的光景。

生活肯定跟現在截然不同。雖然對婆婆感到過意不去，但光是想像就讓東洋子的內心充滿了解放感。

東洋子就這樣做著白日夢，一面曬著丈夫的襯衫。就在此時，呼叫鈴響了起來。

「東洋子——」

婆婆每次叫人都很急，一開始東洋子總是不知所措、慌慌張張的，不過現在早已習慣了。能夠發出那麼大的聲音，就表示她身體其實還很硬朗。

話雖如此，東洋子還是沒想到就連在院子也能聽得那麼清楚。婆婆的房間雖然面向院子，但是外廊跟房間的拉門都是關上的。依這樣的音量估計她每次叫人街坊鄰居全都聽得到。

「東洋子——」

呼叫鈴響鈴的間距變短，聲音也更大了。

還剩三條毛巾，讓我把剩下的晾完就好。這麼溫暖舒適的天氣，東洋子還想在和煦的陽光下多待一會兒。

「東洋子——」

因為東洋子遲遲沒有應聲，婆婆又叫得更大聲了。

該不會真的是哪裡不舒服吧？

東洋子有股不好的預感，拋下待晾的衣物衝進家中。

「您沒事吧！？」

打開門的瞬間，迎面而來的是婆婆不悅的表情。

「東洋子妳也真是的，怎麼要人叫這麼多遍。」

婆婆的聲音聽起來老神在在。「妳剛剛到底是在哪裡？我都叫那麼多遍了，怎麼這麼久才過來？我們家又不是豪宅。」

自從婆婆病倒後，就讓她住進了面向院子的客廳，讓她躺在看護用的床上。這間房間是家裡採光最好的地方。

會將榻榻米換成木頭地板，也是因為幫婆婆換尿布時不小心讓糞便掉到地上，味道一直難以消散的緣故。但出於婆婆的要求，灰泥粉刷牆跟拉門就維持了原樣，使得這個房間有種介於日式與西式風格間的微妙感。

以前在這個書院形式的房間裡，壁龕處掛了一幅年代久遠的捲軸，還點綴有出自擁有花道教師證照的婆婆之手的插花。然而，如今那裡卻是堆滿了備用的成人紙尿褲跟毛巾。

「讓我看一下院子。」

「好的，今天天氣很好呢。」

東洋子將拉門拉開後，刺眼的陽光照射了進來。

「這院子看了真是掃興。」

「對不起。」

婆婆身體還硬朗時，院子裡開滿了五顏六色的花；但現在的院子裡卻是空蕩蕩一片。在這個小小的院子裡，唯有角落處孤零零地矗立著一棵楓樹以及一棵弱不禁風的松樹。

「欸東洋子，難道就不能讓這個院子裡開滿花嗎？」

「您指？」

「從這扇窗望出去的景色是我僅有的世界，我想看一點賞心悅目的東西。」

「好的……我再想想辦法。」

東洋子嘗試著要站在婆婆的立場來思考，對於愛好花花草草的人來說，植物肯定是相當大的慰藉。但是自己不擅長園藝，就連最適合新手的黃金葛也種不活。

該怎麼辦呢？

對了！買現成的盆花應該不錯，把買回來的花排一排就可以了。

「妳在那裡磨蹭什麼？」

「怎麼了嗎？」

「快幫我換尿布啦。」

「啊！」

完全狀況外的東洋子感覺自己真是沒用。

婆婆每次心情不好或是刁難她時，就是希望她幫忙換尿布。明明已經照顧婆婆那麼多年了，早該心知肚明，結果還是狀況外。

「真是抱歉，現在馬上幫您換。」

東洋子繞到婆婆腳邊，掀起棉被和毯子。

掀開被子後兩條圓圓白白的腿映入眼簾。此時婆婆自己將膝蓋彎了起來，把腰抬了起來，這樣能讓東洋子比較好換尿布。但東洋子每次看到婆婆這樣做，心中都不禁懷疑：婆婆其實只要進行復健，說不定是能夠自行走路的。婆婆雖然骨折過，但是也開刀治療過，在七十歲死亡法通過之前她也曾練習過自行站立。

然而，自從那條法案通過後，婆婆似乎就看破一切了。「反正遲早都要死的，幹嘛還像個傻子一樣。」這句話變成了她的口頭禪，從那之後也不再試著靠自己的力量來站立了。話雖這麼說，也經常耳聞老人家只要骨折了一次後就會一直躺在床上，婆婆這樣或許也是見怪不怪吧。

東洋子將紙尿褲撕了開來。

一股濃烈的臭味撲鼻而來。

她不禁屏住氣，慢慢地用嘴巴呼吸。

每次她在換尿布時總是刻意不發一語，儘量保持沉默是最好的。必須讓別人幫自己換尿布這件事應該是讓人感到非常羞恥的吧。為了避免撩起婆婆不悅的情緒，重點就是儘可能手腳俐落地處理。

東洋子用濕紙巾擦拭過婆婆的胯下周圍後，幫她換上了新的尿布，再將髒掉的紙尿褲用報紙包起來，放進塑膠袋內將封口給封好。

「幫您把身體也擦一擦吧？」

「嗯，那就麻煩妳啦。」

東洋子把婆婆的睡衣跟汗衫脫掉後，迅速地用大浴巾擦拭婆婆的身體。不是只有年輕女生才會不好意思在別人面前赤身裸體，沒有人會心甘情願想把自己衰老又失去彈性的身體暴露在別人面前。東洋子自己也有年紀了，對此再明白不過。所以，即使這個房間裡只有她們兩人，東洋子還是謹慎地移動浴巾來擦拭婆婆的身體。

雖然謹慎但卻要力求快速，雖然力求快速但卻也得不失輕柔。要做到這一點可不是一件容易事，自己要做到像娘家媽媽一樣老練的程度，可能還得再磨個幾年呢。

在擦拭婆婆的背部時，總是能看到一個大凹疤。每看到這個傷疤，東洋子心中總會湧現一股謝意。

「擦好了，您身上有哪裡會癢的嗎？」

「沒有。」

聽起來相當無精打采的回答。

——清爽多了。

婆婆光是只要願意這麼說，自己的情緒肯定也會大不相同……。

但是，婆婆無法理解看護的辛勞也是莫可奈何，她不曾以媳婦身分歷經過三代同堂的生活，公公在發現罹患癌症時已經是末期，住院幾個月後就撒手人寰。也就是說，她沒有過看護別人的經驗。

東洋子拿著髒尿布步出了婆婆的房間。紙尿褲沒有沾上糞便就表示她應該是下午才會排便吧。因為婆婆嚷嚷著便秘很痛苦，東洋子也因此不得不幫她浣腸。

希望婆婆可別在政論節目看到一半時叫她幫忙浣腸才好。

這一天下午，東洋子不敢太過放鬆地端坐在客廳沙發上啜飲著茶。

家中悄然無聲，好似一個人也不在一樣。婆婆應該正迷迷糊糊地在床上打盹，二樓的正樹應該也還在睡吧。

看政論節目是東洋子生活中的小小樂趣。最近七十歲死亡法成為討論的焦點，東洋子想從中獲得往後的參考，正認真地盯著電視看。

——您的餘生還有幾年？

蓄著一頭俐落短髮的女主持人用嚴肅的神情望向鏡頭。這幾個星期以來節目都是用這一句話來開場。

自己現在五十五歲，所以還剩下十五年。跟妳一樣喔。

東洋子在心中默默地回答主持人。

然後，丈夫現在是五十八歲，所以他還剩下十二年。

婆婆現在是八十四歲，距離法案的施行還有兩年。

——該怎麼做才能渡過有意義的餘生？今天我們也將與您一同思考這個問題，首先讓我們介紹今天的來賓。

攝影棚內聚集了大學教授與國會議員，每個人都是螢光幕上的常客。

——今天我就要向執政黨開砲，你們這群人腦袋是壞掉了嗎？那樣的法律只能說是國家的恥辱，這種荒唐事真是前所未聞！

打頭陣滔滔不絕開砲的是以人情味出名的淺丘範子，她是六十多歲的在野黨議員。

——淺丘女士妳才莫名其妙！這才不是什麼前所未聞的事，妳是沒聽說過姥捨山[1]嗎！

——妳別把我當傻子，姥捨山誰不曉得！但是只能活到七十歲這樣的規定根本就違反了保障基本人權的憲法……我只差三年就七十歲了。你們這群人呀，嘴上老是說是要拯救日本這艘沉船，但你們以為這樣就可以為所欲為嗎？

——淺丘女士你聽我們說，現在眼前的實際問題是大家都對老後的生活感到不安，只要施行了七十歲死亡法的話，老人家看護老人家結果搞到全家走上絕路，或是做兒女的因為必須看護父母結果無法工作的悲劇就能全部獲得解決。我是這麼想的啊，到七十歲之前盡情享樂人生，之後就瀟脫地跟世界道別，這樣不是很理想嗎？人生活到七十歲已經非常足夠了。

厚生勞動省副大臣茉鈴子面無表情地如此說道。茉鈴子從小家境不好，還慘遭到雙親虐待，是因為有鄰居通報警方才撿回一條命，之後就被送到育幼院。她的本名是茉莉子，茉鈴子是她過去當ＡＶ女優時的藝名，一直沿用到現在。不曉得是不是她的敢言敢行和悲慘的身世獲得大眾的共鳴，讓她才年僅三十歲就在前陣子的選舉中以第一高票當選。

——我說茉鈴子呀，這條法案可是沒有經過充分審議就強行通過的喔，你們執政黨可是罪孽深重，有一天你們會受到歷史的制裁的，這一天絕對會到來的！

淺丘信誓旦旦地說著。

東洋子大大地嘆了一口氣。

浪費這麼多時間在這個議題上有什麼意義？這不是大家坐下來商量就可以得到結論的問題。

有人認為這條法案有悖人倫而憤怒不已，即使向他們出示日本經濟早已一蹶不振的數據，他們也會執言無法妥協的事就是無法妥協。但另一方面，對那些因為看護而生活陷入愁雲慘霧的人來說，講再多的人倫大道理，聽起來也不過全是場面話。

換句話說，無論怎麼協商永遠都只會是兩條平行線。

——我跟妳說呀，老人家可是人生的大前輩，我們有豐富的人生經驗，整個人就是智慧的結晶，也就是國家的寶物。但是叫我們到了七十歲就去死，這種事虧你們做得出來……。

淺丘範子因為過於激動而一時語塞。

真希望節目別再找她來當來賓了，根本就是浪費時間。

在她家老人家的智慧確實是能派上用場的，因為她爸爸跟爺爺過去都是國會議員，包括勝選的方法在內，要不是有她父母的傳授，根本就不會有現在的淺丘。她所繼承的還不只是知識，地盤、公事包、廣告看板全都讓她一併接收了。

那我倒要問問淺丘女士，妳覺得失智症老人的生存意義是什麼？

面對茉鈴子的詢問，淺丘瞪大了眼睛。

——妳這個人還有沒有良心啊？我告訴妳，我媽媽就有失智症。但是只要她好好地活著我就心滿意足了，她到現在都是我的心靈支柱。

果然還是無法欣賞淺丘這個人。

淺丘的媽媽住進了位於御殿場的安養中心「綠寶石花園」這件事可是無人不知無人不曉。以前東洋子曾在專題節目上看過這間安養中心的介紹，那裡與其說是安養中心，其實更接近高級飯店。裡頭看護工的人數多到綽綽有餘，而且每個人看起來都是有家教又乾淨的女孩子。自己是不曉得每個月的入住費用要多少，但是沒有錢肯定是住不進去的。

淺丘肯定不曉得一天二十四小時、一年三百六十五天在家裡看護一個老人是多麼辛苦的一件事，她肯定也不曾幫父母把屎把尿過。每天都會發生因為看護而起的兇殺案，面對這些事件淺丘做何感想？

東洋子每次在新聞上看到這樣的人倫慘劇總是心頭沉重，無法置身事外。在那樣的事件中，沒有一個人是壞人。無論是行兇的兒子或是遇害的老母親都非常可憐。

但是反過來想，只要想到有人的處境比自己還可憐，說實話也讓東洋子內心鬆了一口氣，因為她無法不去責備自己內心暗自希望婆婆早點死的想法。

要是沒有這條法案，看護生活可能還要持續個十幾二十年。自己並非孤單一人。這麼痛苦的看護被設下了期限這項事實，成為全日本因為看護而瀕臨崩潰的人內心最大的支柱。

但是，還有兩年。

在自己剩餘十五年的壽命中，有兩年必須浪費在看護上。

十五年的人生相當短暫，但是兩年的看護卻是相當漫長。

從明天開始，不，從現在開始東洋子就想要獲得自由。

——少子高齡化的速度可是比預期來得快很多，十年前的話人口預測亂算一通也無所謂，但是現在已經不比當年，我們已經不可能對未來懷抱樂觀的期待了。

茉鈴子的嘆息像是有感染力一樣，坐在電視機前的東洋子也大大地嘆了一口氣。

負擔年金費用的青壯年人口日漸減少，看護保險法眼看就要運轉不下去了，所以政府才會事不干己地祭出「家庭看護」這種走回頭路的政策。

綁—起—來，打—開—來？要人做這種像幼稚園小朋友一樣的事，真是饒了人吧。

話雖如此，婆婆就連老人日間照顧中心也不願意去。

兩年後剛好也是丈夫年屆退休之際。打從結婚以來，一年到頭始終不得閒的他也總算能清閒一點。丈夫留在家裡後，家裡的生活肯定又會大不相同吧。

他應該會比較願意與正樹正面溝通吧，自己一個人已經拿正樹束手無策了。丈夫跟自己不同，有豐富的社會歷練，而且跟正樹一樣同為男性。雖然他長期以來總是避談與正樹有關的話題，但那應該也是因為為人父有放不開的地方吧。虎父無犬子這種讓人引以為豪的形象在一瞬間突然瓦解所帶來的精神上衝擊，肯定是遠大於為人母的吧。不過，他在退休後應該會多出一點心力。

這麼一想，接下來的兩年看護生活似乎也沒有那麼難熬了。

經濟面上也沒有顧慮，聽說丈夫的退休金有兩千萬日圓左右。受到經濟不景氣的影響，部分上市上櫃公司的退休金聽說都是這樣的行情。在七十歲死亡法通過之前，東洋子始終覺得只有兩千萬無法安渡老年生活。如果能活到平均壽命的話，退休後還有三十年左右的光陰。然而，現在的規定是只能活到七十歲，這樣的話兩千萬已經非常夠用了。六十五歲以後還有老人年金可以領，存款也還有錢。說不定死後退休金還能全數留給正樹。

「東洋子——」

此時，婆婆的高聲呼喚跟呼叫鈴又同時響起。

聽起來又尖又嗲，光聽聲音還以為是哪個年輕小女生。

還來不及出聲回覆的瞬間，「東洋子！在磨蹭什麼！」婆婆的語氣變得很不客氣。

到頭來還是直接喊人……。

真是可悲。

也只有在丈夫不在的時候，才會這樣喊媳婦。

「來了——您怎麼了嗎？」

東洋子一面回話一面往走廊深處前進。

打開門的瞬間迎面而來的是婆婆銳利的視線。聽說老人家多半會因為臥病在床而痴呆，但婆婆剛好相反，甚至還覺得她腦袋一天比一天清楚。

「妳在幹什麼呀，我叫妳好幾遍了。」

婆婆躺在看護專用的床上，只抬起了頭盯著東洋子瞧。

「對不起。」

「說對不起有用嗎？我問妳剛剛在幹什麼。」

「我在看電視。」

東洋子誠實以對。

要是騙婆婆說廚房在忙或是沒聽到聲音的話後果可是不妙，因為過去婆婆曾發現她撒謊，頑強地逼問到她說實話。婆婆的記憶力根本就不像八十歲的老人家，只要撒了謊，話中的矛盾點都會被她點破。

「電視的話這房間裡不是也有嗎？妳進來跟我一起看不就好了。」

「……好。」

「我腰好痛，快幫我按一下。」

其實自己的腰才痛呢，為了不閃到腰，東洋子每次彎腰時都小心翼翼地注意角度。

第一次閃到腰是在搬到這個家來拆行李的時候，自從那之後就變成了慢性毛病。打從那時以來，每次在動作不對要閃到腰之前都可以察覺到。

婆婆老是說「真羨慕妳還年輕」。其實根本也不年輕了，搞不好先走一步的人會是自己。

＊

二十九歲的寶田正樹這一天睡到了將近傍晚才起床。

他趴在床上摸索著遙控器，打開了電視。醒著的時候電視永遠是開著的，不這樣做的話，他會極度不安，有一種要跟不上這個世界的感覺。

正樹在人際關係上碰壁後，向任職的大東亞銀行遞出辭呈已經是三年前的事了。他心想自己畢業於明星大學，又還那麼年輕，肯定馬上就能找到下一份工作，結果沒想到收到的通知都是謝謝再聯絡。

不管是哪一間公司，看的都是是否具備外語能力、能否活用在上一份工作中習得的專業知識，同時還希望是馬上就能成為即戰力的人。他們感覺都無意像採用新鮮人時一樣透過內部培訓來培育人才。

還是學生時奉為聖經的各式就業指南完全派不上用場。光鮮亮麗的履歷表、展現幹勁的自我推薦，甚或是服裝儀容等等，現在的企業已經不會再被這些表面工夫所迷惑了，他們要的是馬上就能成為企業戰鬥力的人才。

這個世界是無法光憑一紙學歷就吃得開的，儘管心不甘情不願，正樹還是將求職公司的標準給降低了一些。但結果還是一樣。

——喔，你是帝都大畢業的呀，畢業後還在大東亞銀行工作，一路走來都是菁英路線嘛，那請你說說做了三年就離職的理由。

人資無一例外地都會問到這個問題。

——主要是因為人際關係……。

他每次只要一這麼回答，

——不管你走到哪人際關係都是都無可避免的，如果是因為這樣就離職不是沒完沒了？公司可不是用來讓你來建立小圈圈的地方。

人資多半會這樣回覆，並且露出不可置信的表情。

剛畢業時因為有教授的推薦函，所以很順利地就找到了工作。當時還覺得教授幫自己寫推薦函是理所當然，完全沒有心懷感激。但現在回首過往，就發現那其實是自己最初也是最後的幸運符了。

畢業後自己根本什麼武器都沒有。不僅如此，每次面試時總是深感自己欠缺溝通能力。只要一緊張，在旁人眼裡看起來就像是擺臭臉一樣；若是很果斷地答話，又會給人施壓的感覺。心想著這樣不行、強顏歡笑的話，看起來又會像是瞧不起人的冷笑。在察覺人資臉色不對，慌亂地想要挽救時多半為時已晚；但若是用字遣詞過於謹慎的話，又會給人反應遲鈍的印象。

究竟該怎麼樣才能建立起「上進俐落的有為青年」形象？這個課題太過困難了，他找不到答案。

不過話說回來，離職都三年了，還找不到下一份工作這件事本身就已經很不妙了。

——這段期間你都在做些什麼？

根據就業指南的建議，要是不說自己出國去留學，或是在準備考試後順利取得證照這類進取的答案的話，似乎就會被認為是不求長進的人。

——通常不是都會先找到下一份工作才離職嗎？

——有家裡當靠山就是不一樣呢。

就這樣拖磨了一陣子後，現在已經完全失去了幹勁。

話雖如此，正樹還是時不時會上網關注求職資訊。但是，他已經毫無自信了。

學生時代是多麼光輝耀眼啊……。

那個時候不管是自己或身邊的人，都認定了自己要比其他一般人來得優秀，總是洋溢著自信……。

最近自己也會想名不見經傳的公司也無所謂，去居酒屋什麼的打工也好。總比無所事事要來得好多了。

但是媽不曉得會說什麼……。

肯定會很感嘆吧。

想到了這，就覺得還是非找知名企業不可。

此時，外頭傳來了上樓梯的腳步聲。這聽慣的腳步聲來自母親，不曉得是不是為了不要讓托盤上的湯給灑出來，聽起來總是小心翼翼。

自從奶奶臥床不起後，一樓總是充滿消毒水的味道。有時那味道還混雜了糞便與尿液的臭味，在那樣的地方實在是食不下嚥，所以都讓母親把飯菜給端上來。

啃老的少爺……。

確實無可反駁，自己讓母親幫忙端飯菜，還佔去了家中採光最好的房間。隔壁是姊姊的房間，但她好幾年前就離家到外面自己一個人住，現在是空房。父母的房間則是隔著一個樓梯面向北邊，採光不是很好。

「正樹，吃晚餐了喔。」

明明把飯菜放在門口就可以走了，但母親永遠不會這樣做。

「正樹，你在房間嗎？」

怎麼會不在，自己除了半夜以外是不會出門的。

這個房間裡頭除了電視機與ＤＶＤ錄影機外，還有一個小冰箱，二樓也有廁所，所以只有在洗澡時會下到一樓。

「正樹，你還在睡嗎？」

要是他不把門打開露個臉的話，母親是不會走的。

她似乎是想一天看他一次，確認是否一切安好。他因為覺得煩人，而因此暴怒過一次。但在那之後內心湧現了一股強烈的自我厭惡感，當晚怎麼都睡不好。

他打從學生時代起就立志不要成為某一種特定的人，那就是年紀老大不小還要仰賴父母照顧，就連生活起居都要媽媽來打理的男人。他想都沒想過自己就會變成這種典型的廢人。

說不定，過不久他就會變成小說或是電視劇裡頭會出現的那種因為一點小事就情緒失控的繭居族。一想到這他就覺得害怕。

「正樹，讓我看你一眼。」

母親今天也是不死心地在門口等著。

他打開了一條門縫。

「唉呀，你還活著嘛。」

母親嘴上一邊這麼說，一邊把托盤遞了過來。

托盤上有白飯、烤魚、白蘿蔔泥、白芝麻醬拌菠菜，還有一碗料裝得滿滿的味噌湯。

營養相當均衡的一頓飯……從中可以感受到母親的期待，果然還是非大企業不可，居酒屋店員是不行的。

用保鮮膜包著的三顆飯糰跟保鮮盒裡頭裝的沙拉是他的宵夜。因為他每天都睡到傍晚才起床，所以一天就只吃晚餐跟宵夜兩餐而已。讓母親配合自己這種我行我素的生活作息，對她也是感到很過意不去。

但是擁有營養管理師執照的母親煮的飯總是以蔬菜跟魚類為主，淨是一些老人家吃的東西。雖然對她相當感激，但偶爾也還是想吃炸雞塊或是熱狗。自己明明就都找不到工作了，竟然還會有這種跟小學生沒兩樣的想法，真是感到非常羞愧。

就在正樹接過了托盤，打算馬上關上門時，母親突然使了勁把門往外側拉，試圖窺探他的房間。

「你有在打掃房間嗎？」

「多少有。」

電視上所看到的繭居族的房間多半是滿佈垃圾、飄散著臭味，但他可不一樣。他有刻意讓房間維持一定程度的乾淨。因為要是不這麼做的話，他會覺得自己會愈來愈無法跳脫出繭居族的命運。

正樹將門關上，上了鎖。

隔著門可以聽見母親的嘆息聲。

正樹將托盤放到房間正中央的小桌子上，一邊看電視一邊吃。現在正播放的是開放一般民眾上節目的《全民來開講》。

攝影棚裡有大批的男女老幼坐在階梯式的座椅上。

——雖然大家都說老人太受禮遇了，但我們年輕時還不是一樣拼死拼活工作，支撐起日本的高度經濟成長期。然後叫我們到了七十歲就去死？真是叫人難以置信，真的是。

一位白髮男性連珠炮似地說著。

「高度經濟成長期啊……老人就只會拿這點來說嘴。」

年年變得更加會自言自語這一點，就連自己都有自覺。

一開始還覺得這樣不妙，害怕自己是不是快變得腦筋不正常了，所以會一直提醒自己千萬別自言自語。但是某天，他發現一件事情：要是不自言自語的話，一整天幾乎都不會出聲說到話。這樣的生活要是一直持續下去，遲早有一天會變得不會說話，所以最近他都毫不在乎地自言自語。

——比起你們老人，我們年輕人才是拼死拼活工作咧！

一位身穿工作服的年輕男性一臉不滿地反駁他。

——那是因為我們加班沒有被算到工時裡頭，所以數字上看不出來，但其實我們都是超時工作。然後結果還說什麼這是能力至上主義，其實根本就是變相調降薪資。資遣跟貶職是家常便飯，現在我們公司內風聲鶴唳，誰也不相信誰，就連我自己的性格都開始扭曲了。

坐在他身邊、不住地點頭贊同的男子舉起了手。

——雖然會從薪水裡扣掉厚生年金保險費，但政府卻已經在這個時間點宣布現在的年輕人將來只能領到少許年金，說得那麼明白好嗎？比起憤怒，我更對此感到吃驚。

——你們啊，好好看一下地球儀，日本只是一個小到不行的島國，但是日本的GDP排名可是全世界第二、第三啊，這不是很了不起嗎？達成這項偉業的可是我們呢！所以你們對老人家的感激根本還不夠。

老人家跟年輕人之間的攻防戰毫不間斷。

——你嘴上說著GDP第幾名，但實際上路上遊民那麼多，無法接受弱勢補助餓死的人也大有所在。究竟誰才是日本的有錢人？每年政府公布的自殺人數有三萬人，自殺未遂的也有三十萬人。換句話說，日本其實根本就是一個很難生存的國家。

現場陷入一片寂靜。

——唉呀，現場竟然鴉雀無聲了。嗯……有其他觀眾有意見的嗎？

負責主持的主播慌慌張張地環視了攝影棚一圈，一位五十五歲左右的男性舉起了手。

——自殺絕大多數的原因出於家庭經濟窮途末路，而國家的經濟也已經瀕臨崩潰；也就是說，能夠拯救日本的只剩下景氣政策。政府應該要透過景氣政策再度讓日本重返經濟大國之列。

「沒錯、沒錯」的贊同聲在攝影棚內此起彼落。

究竟該怎麼做才能讓景氣好轉？正樹自己雖然畢業於經濟學系卻也毫無頭緒。政府至今已經祭出各式各樣政策，卻沒有一項見效。

——我認為現在已經不是消費的時代了，追求環保的生活方式才符合時下潮流，這樣的生活方式在年輕人之間也相當普遍。

一位神情嚴肅的年輕女性這麼說完後，現場又陷入了沉默。

最近想要廢除七十歲死亡法而動作頻頻的團體不斷增加，但是在這種節目上卻總是屈居下風。只要施行了這項法案，不僅年金問題可以獲得解決，同時也將不再需要那麼多老人安養中心。換句話說，日本所背負的問題可以一口氣獲得解決。此外，還有一項好處是：多餘的財政預算還能用在為疾病所苦的民眾或是兒童與身心障礙者身上。之後再也不需要像現在一樣發行赤字國債，甚至還有經濟學者試算的結果顯示，連醫療費用與大學學費都能免除。

也就是說，除了七十歲死亡法以外，沒有其他方法可以如此強而有力地讓日本經濟重新復甦。

——那如果針對有錢的老人終止支付年金與醫療補助，這樣的話不就不需要那樣的法案了嗎？日本的有錢老人不是特別多？

一位穿牛仔褲的年輕男性這麼說完後，以來賓身分上節目的女性執政黨議員馬上舉起了手。

——那請問應該如何清查每一個人的財產？別說是國民識別號碼了，有些鄉鎮市區就連住民基本臺帳網路系統都大力反對。反正在野黨肯定會大肆宣揚，說這樣做會讓個資外洩或是侵犯隱私權。

——沒錯，說得對。

一位男性執政黨議員在一旁應聲附和。

——不管是怎麼樣的政策，肯定都會有反對聲浪。假設是提高老人家的醫療自我負擔額度，那麼全國的老人家都會打電話來向政府抗議；若是調降門診費用的話，就會換日本醫師會向我們施加壓力。又假設是想從有錢人手上挖錢、提出強化不動產課稅方案的話，又會換成不動產業者一天到晚打電話來罵……。

——各位觀眾，非常可惜我們的節目即將接近尾聲。一如往常，我們將在最後提出一個問題。

主播這麼說著，環視了攝影棚一圈。

——不管政府施行了多麼不利的政策，在日本有一群人永遠會默默買單，請問那是誰？

攝影棚內寂靜無聲，現場的觀眾個個你看我、我看你，歪頭抱胸陷入沉思。

——怎麼樣？您曉得答案嗎？

主播詢問一名中年男子。

——不知道。

「會是誰呀？」

就算通過了再不利的法案也會默默買單的人是……

——我知道答案。

剛才那位神情嚴肅的女性這麼說著，舉起了手。

——好，來，請回答。

——答案是：年輕人。

——正確解答。

攝影機特寫了現場詫異不已的觀眾面孔。

——那麼下週也敬請同一時間準時收看，我們再會。

正樹在不知不覺間把晚飯給吃了個精光。

人的身體還真是奇妙呢，一整天就算什麼也不做懶懶散散地過，肚子一樣會餓；即使睡了十二小時以上，只要一進食，又馬上開始想睡。正樹回想起上班族時期，不禁佩服當時的自己可以不用午睡，整個白天都醒著。

但是……總之大家到了七十歲都非死不可。

他的腦中逐一浮現了過去異常高壓的上司以及愛拍上司馬屁、背叛了自己的同事的面孔。

那一群人……果然還是腦袋有問題。

就算順利升官發財，最後還不都一樣。

早晚都要死的，何必把自己搞得那麼辛苦？

正樹不禁帶著嘲諷笑出聲來。

不對，等等。

就算沒有七十歲死亡法案，人不是總有一天都要死的嗎。因為生病或是事故年紀輕輕就死的人多不勝數。

我現在是二十九歲，所以距離七十歲還有四十一年。未免也長得過頭。

四十一年太長了……想到就感到絕望。

無論如何，不能一輩子就這麼下去。

不管從誰的眼中看來，上司或是同事絕對都遠勝於我這個繭居族。我就連自己一人份的伙食費都賺不了，既沒有生病，食慾還那麼旺盛，每天睡那麼多，但竟然沒有在工作。怎麼想都是人渣。

必須找個工作才行……。

就這樣一直賴在家裡，然後變成滿臉皺紋的老人，光是用想的都覺得背脊發寒。

老爸現在是五十八歲，所以距離七十歲還有十二年。

媽媽是五十五歲，距離七十歲還有十五年。

奶奶現在是八十四歲，只剩下法案施行為止的兩年。

這三個人當中最後走的會是媽媽。媽媽死的時候我四十四歲。

聽說老爸這一代所能領到的年金額度跟祖父輩那一代比起來大幅下降。不過他們有一筆存款，老爸死後媽媽只要還活著，就能領到遺屬年金。也就是說，當專職主婦的媽媽到死都不會為錢所困；而媽媽只要還在世，自己也不用擔心沒飯吃。

屆時她肯定會像現在一樣每天幫自己端飯菜過來，媽媽臨死前，肯定也會把存款留給自己。這一點從媽媽對自己的無微不致的照顧就能看出來了。一年三百六十五天，每天為自己準備營養均衡的飯菜，每天都要看一次兒子的臉來確認自己是否安好。

話說回來，這間房子有堅固到可以再撐個四十年嗎？現在的屋齡是幾年呀？

萬一財產見底的話怎麼辦？

「喂喂，我這個人是已經無可救藥了嗎？」

正樹忍不住在心中吐槽自己。

不是說要重返社會進入知名企業工作嗎？

但是……遲遲找不到下一份工作，三年的光陰就這樣過去了，無論是誰都會心灰意冷的。

正樹移動到電腦前打開了網路。

今天他也搜尋了「七十歲死亡法」這個關鍵詞，搜尋結果比昨天還要更多。

「大家都很關心這個議題呢。」

多虧這個法案鬧得沸沸揚揚的，讓他覺得日子過得很快。無視於現實的每一天都過得飛快，他誠摯歡迎這種引發社會譁然的大膽法案。

正樹坐在電腦前瀏覽，一個針對七十歲死亡法的問卷調查結果映入眼簾。

根據知名報社所進行的民意調查顯示——

贊成——二十八％

反對——六十八％

沒意見——四％

如同他的預期，反對者佔了壓倒性的多數，不過這種驚世駭俗的法案最終還是能通過也是因為在先前的選舉中，執政黨拿下的席數遠遠過半的關係。

但是，執政黨的議員絕大多數都是老人家，為什麼他們會贊成這條法案？這條法案通過後，絕大多數議員的餘生都剩下不過幾年而已，這一點讓人相當摸不透。

難不成有當過國會議員的人是這條法案的免除對象？不可能有這種事的……。

網路上還有針對二十歲到三十九歲的青壯年族群進行的民調結果。

贊成──八十七％

反對──十％

沒意見──三％

如果只看年輕人的民調結果，贊成的人接近九成，但從整體來看的話還不到三成。永遠都是這樣，因為老年人口佔了壓倒性多數，老年人的意見就是全體的意見。選舉也是一樣，老年人不僅人口比較多，投票率也比較高。相較之下，因為年輕人都不去投票，所以意見都無法獲得反映。這一點雖然讓人頭疼，但自己也是不去投票的人……。

唯一公平的只有《全民來開講》這個節目而已。在攝影棚裡從十歲到八十九歲為止，每個年代的人數都是平均分配。

時間已經過了晚上十一點，差不多該是澤田登的部落格更新的時候了。澤田是他國中時期的同班同學，開學後不久，他們倆因為彼此都喜歡蒸汽火車而變得要好。但是，就在畢業前夕卻因為一件微不足道的小事而冷戰，還沒和好就畢業了。此後，兩人一次都沒有碰過面。

澤田在部落格中主要更新的是〈今日的惡作劇〉這個分類主題。當中所寫的盡是公司內赤裸裸的緊張人際關係，內容寫實到讓人不忍卒讀。這傢伙似乎是太過信賴網路的匿名性了，自己可是一眼看穿這就是澤田的部落格。某天正樹不經意地用「大東亞銀行」跟「繭居族」這兩個關鍵字進行搜尋後，發現了這個部落格。

——我的朋友裡頭，有個傢伙難得在大東亞銀行找到工作，但做沒多久就辭職不幹窩在家裡當繭居族。在這裡這傢伙姑且就稱他為M吧。我跟M在國中時因為彼此都喜歡蒸汽火車而變得要好。M他家裡離學校很近，所以我放學後常去他家玩。M有個姊姊名字叫桃佳，不過她長得可是跟這麼可愛的名字一點都不搭……。

「姊姊」的名字叫「桃佳」……。

看到這裡正樹馬上就曉得這篇文章說的正是自己。

這個部落格的主人是誰？想都不用想，就只有澤田而已。

正樹緊接著往下一篇文章看下去。

——根據小道消息指出，M在辭去大東亞銀行的工作後，遲遲找不到下一份工作。現實環境嚴苛，就連這麼優秀的人都無法順利再度就職，這個事實是我目前最大的心靈支柱（笑）。要是連M都無法轉換跑道的話，那像我這樣的人會怎麼樣？除了緊巴著現在的公司不放之外，已經沒有其他出路了。

正樹在發現這篇文章後，每天都會關注這個部落格。

國中時吵架的導火線是他邀了澤田一起去搭大井川鐵道的蒸汽火車。因為澤田說他沒錢，於是他便說：那我幫你出錢吧。那個當下，那傢伙氣得跟什麼一樣。但是，正樹真的非常想跟他一起去，因為升上高中後就要忙著準備升學考試了。想來想去，國中畢業後到高中開學前的這一段空檔可說是非常珍貴，他不想錯過。他自己也不是很有錢，原本是打算將自己打從小學時就開始存的壓歲錢全部領出來的。但是好幾天後，他察覺到澤田被那番話傷得很深，那時想道歉已經來不及了。用想的就知道自己愈是解釋，只會對澤田造成二度傷害。從那之後，兩個人連眼都不曾對上，然後就這樣迎來了畢業典禮。

跟澤田完全沒再打過照面以來，過了將近十五年，但是自從幾個月前發現了他的部落格後，正樹現在每天必定會去瀏覽。

不過，每次看了他的部落格肯定會情緒低落。雖然知道別看就好，但不知為何就是無法忍住不去看他的部落格。

「澤田今天又發生了什麼事呢？」

——三月三十日

簡直就跟小學生沒兩樣，課內現在最流行的遊戲似乎就是無視我的存在，就連主任也一句話都不跟我說，絲毫不給我任何工作上的指示。很明顯地就是要冷凍我，把我貼上懶惰蟲的標籤，再逼我辭職。話說回來，原來這間公司的水準這麼低落啊。

問各位一個問題：你們這幾個看我部落格的人裡頭，有誰有膽無視向自己打招呼的人？我可沒有這樣的勇氣。但是公司裡頭盡是些有膽的人，我真的是很敬佩他們（笑）。

不過，被霸凌的不只有我一個人，這一點也可以稱得上是救贖吧。有位女員工也一樣被霸凌，但她可是咬著牙硬撐。因為她是單親家庭的媽媽。以現在的世道來看，只要離職就很難再以正式員工的身分獲聘了。

但我也沒資格去跟她同病相憐，所以不曾跟她搭過話。但是，今早上班時我跟她偶然搭上同一班電梯，同棟大樓裡還有其他公司，所以除了我們倆以外，還有一個其他公司的瘦瘦的男生，總共三個人。我很有精神地向她說了聲「早安」，結果沒想到她竟然無視我的存在。在那麼狹小的空間內虧她還能無視我的存在，真是有一套！（笑）

然後那個毫無關係的瘦男生就顯得有點手足無措，說來也是理所當然，因為那女的沒有回我話，正常來說他當然會以為我是在跟他打招呼。

瘦男生看起來很無辜地張望了一下，戰戰兢兢地說：「啊，嗯……早安。」他們公司肯定是個很正常的地方，真是羨慕。順帶一提，我決定從今天開始要用全部門的人都聽得見的宏亮聲音來打招呼。敬請期待。

「澤田，你這傢伙真是強韌。」

即使遭受到這樣的對待，他還是不離職。每次想到他的強韌，正樹就感到情緒低落。

正樹瀏覽部落格是有順序的，每次最先看的一定是澤田的部落格。對於他的日常生活所知愈多，自己就愈感到焦慮，焦慮到想要大喊。所以，每次看完他的部落格後，又會急忙轉向瀏覽蝙蝠的部落格。蝙蝠的部落格是在網路上隨意瀏覽時無意中發現的。蝙蝠的繭居時間比自己久，現在已經步入中年了。關注蝙蝠的動態已有半年左右，他目前看來尚未有自力更生的形跡，這點真是讓人開心。

不想去思考未來。

思考了也沒有用。

有家裡可以住也有飯吃，不用為任何事情發愁。

正樹這樣對自己說。

日本是很富足的國家，最佳的佐證就是：這個家裡除了父親以外沒有其他人在工作，但依舊足以支撐四個大人的生活。母親是專職主婦還要忙著看護，一毛錢也沒在賺；我的話是繭居族，奶奶則是每天臥病在床。想到這裡就覺得人生也沒有必要那麼認真，船到橋頭自然直。說實話，蝙蝠也已經四十六歲了。

接下來，正樹在網路上胡亂瀏覽一番後，開始感到肚子餓了。打開房間角落的冰箱看了一下，沒看到合胃口的東西。裡頭是有母親準備的宵夜，但偶爾也想吃一點不一樣的東西。沒辦法，只好出門去買了。最近食慾愈來愈旺盛，一次多買一點放著比較好。正樹悄悄地下了樓，出門跨上了腳踏車。

去車站前的便利商店很有可能碰到熟人，太危險了。正樹心中盤算著，往反方向踩下了踏板，往住宅區的深處前進，踏進了一間位於兩條路交叉口的店裡。

鹽味海苔好還是雞湯口味好呢……。

正當正樹在洋芋片架前猶豫不決之際，眼角瞄到一個素不相識的女孩子正緊盯著自己看。別人眼中的自己看起來那麼奇怪嗎？可能從穿著跟氣質就看得出來我是繭居族吧。

「你該不會是寶田吧？」

「什麼？」

「果然是寶田，我是跟你一樣唸三中的峰呀。」

「什麼……峰？」

「對呀，我是峰呀，峰千鶴。你不記得了？」

「……啊！我想起來了，好久不見。」

峰千鶴以前是田徑隊隊長，成績也很優秀。而且……還是自己情竇初開的對象。但是，她現在看起來跟以前男孩子氣的樣子截然不同，頭髮長長的，臉上還化了淡妝。

「前一陣子我偶然碰到山川老師，那時老師得意地說寶田是三中畢業生中最出人頭地的。我聽說你應屆就考上帝都大，是真的嗎？」

「嗯……是這樣沒錯。」

「好厲害！」

千鶴的購物籃映入了眼簾，裡頭放著礦泉水跟日經經濟新聞。

慘了，自己的籃子裡放了履歷表。

正樹馬上從架上拿了一包大包洋芋片放進籃子裡，巧妙地將履歷表給遮了起來。

「那你現在真的在大東亞銀行工作嗎？」

「什麼？啊，嗯。」

正樹想都沒有想過以前喜歡的女生會對自己如此瞭若指掌。但是唯有現在不想讓她知道自己的狀況，趕快逃離此地才是上策。

「我趕時間。」

撇下這句話後，正樹快步走向收銀臺。

然而，千鶴好像也已經挑完東西，馬上排到他身後。而且很不走運的是等著結帳的人很多，必須排隊。

「我們家是做裝潢的，我爸住院後我就繼承了家裡的店面，畢竟我是獨生女。」

「什麼？」

正樹忍不住回過頭看向她。

還真是讓人意外。她以前在畢業作文集裡頭寫的夢想是要成為律師。

「我媽媽走得早，從小我們父女倆相依為命，所以我放不下這個家。就這點來說寶田你真是幸運。」

「幸運指的是什麼？」

「爸爸是上班族的小孩不是可以自由選擇將來的職業嗎？真是讓人羡慕。」

別說什麼自由選擇了，根本就上哪都找不到工作……。

「不過呀，實際繼承家業後發現也還挺有趣的。裝潢可是一門大學問，很有鑽研的價值，簡單來說可能就是滿適合我的吧。」

「欸，這樣啊……」真是讓人羨慕。

自己在學生時期一直覺得繼承家業很遜，所以從不曾羨慕過家中自己做生意的同學。然而如今……。

如果自己家裡跟峰千鶴一樣是做裝潢的話會怎麼樣？

如果是蕎麥麵店的話呢？

日式點心店的話呢？

這樣的話就不需要寫履歷，也不會在面試時被嚴厲地追問，也有現成的工作可做……。

「來，這個給你。」

千鶴一邊這麼說，一邊遞出了名片。她爽朗的笑容看起來相當耀眼，正樹情不自禁地轉過身去。

——真心誠意、誠摯為您服務◆裝潢整修．峰◆

正樹盯著名片看。將來會不會有那麼一天，我也能再次遞出名片？

「話說回來，寶田你現在有女朋友嗎？」

千鶴突然拋出這個問題。為什麼要問我這個問題？雖然覺得可能性不大，難不成她對我有意思？

「是沒有……」

「我們家呀，不管是多小的案子都接，比方說修理難拉的門或是只換一張拉門的拉門紙都沒問題。我會算你便宜的，還請多多指教啦。」

千鶴臉上掛著笑容這麼說。

她不是對我有意思，只是很會做生意而已。要是回答說有女朋友的話，說不定她就會緊接著問：「什麼時候結婚呢？如果需要整修房子的話歡迎找我喔。」

正樹將籃子放上收銀臺，緊張著要是履歷表被看到的話怎麼辦，不過結帳的男店員手腳俐落地將它放進了袋子裡。

「你晚上都很晚下班嗎？我聽說大東亞銀行一年到頭都得工作到凌晨才能回家。」

「嗯……怎麼說呢，一言難盡。」

正樹別開了目光，結帳的男店員映入了眼簾。

他不僅手腳俐落而且還很親切。應該還是學生吧。在這裡上大夜班，白天去大學上課……真是了不起。他的每一天肯定相當充實。

感覺身邊的每個人都很了不起。

我到底在幹什麼呢，打工當個收銀員也好，還是找份工作比較好吧？這遠比待在家什麼都不做要來得好多了。

但是……帝都大畢業的在外面打工對嗎？

「一共是一千四百九十七圓。」

「你現在是在那一間分行上班呢？」

「收您一千五百圓。」

「我下次來去開戶好了，你會在哪個窗口？」

這個謊已經撒不下去了。

「……其實我已經離職了。」

「什麼，離職？」

店員瞄向了這裡。這傢伙可能在心中蔑視我吧。

「難不成你辭掉了大東亞銀行的工作？開玩笑的吧？」

什麼叫做開玩笑的？

什麼叫做難不成？

這麼做真的那麼沒有常識？我真的做了那麼傻的決定嗎？

「就是這樣。」
「哪個就是這樣？」
「就是我離職了。」
「什麼！真的嗎？為什麼？」
「不關妳的事吧。」
正樹的口氣不自覺變得很冷漠。但是千鶴並未因此退縮。
「那你現在在做什麼？」
「找您三塊錢，謝謝光臨。」
「我趕時間，再見。」
正樹逃命似地出了便利商店。
他馬上跨上腳踏車，用極速狂飆。晚風刺骨。
人生在走好運時，很歡迎別人拿自己的學歷或是工作來嚼舌根。但是，在人生的齒輪大亂時，真希望所有人都忘了自己的存在。
真想逃到遠遠的地方。現在自己只顧著想眼前找工作的事，但如果再一直這樣拖下去的話，想跟千鶴這種令人憧憬的女性交往，也只能在夢裡想像了。這樣的話人生究竟還有什麼樂趣可言？

姑且不論這些，之後就拜託媽媽幫自己買東西好了。就算不是車站前的便利商店，還是有可能會碰到熟人。

*

東洋子用力擰乾毛巾，一邊擦拭著婆婆的身體，一邊心不在焉地回顧至今的人生。

十三年前婆婆因為腦中風而倒下時……。

雖然婆婆左半身有輕微的癱瘓，但只要有別人在一旁協助她就可以自己上廁所，拄著拐杖也能自己走路。讓她一下子變得臥床不起的，是因為被一點高低差絆倒而造成的大腿骨骨折。

婆婆被送上救護車時因為腦震盪而意識不清。那時她的臉色蒼白、身形瘦弱，感覺似乎不久於世，生命跡象看起來也相當微弱。也因此，丈夫跟大姑小姑們都說，即使需要人看護，大概也來日不長。

自此之後，她的看護生活就揭開了序幕。

東洋子心想著結束看護後就能出門旅行，也可以重新開始學陶藝，就只要忍耐個幾個月就好了。

但沒想到，這樣的生活竟然持續了十年以上……。

婆婆唯一的樂趣就是吃，現在整個人胖得圓滾滾的。

大姑小姑們嘴上說著忙，絲毫不願伸出援手。然而就在遺忘了她們的存在之際卻又會突然現身，對她嫌東嫌西。

——媽真是可憐，妳也不要只是照顧她，要陪她說說話呀。就是因為妳都沒有用心照顧媽才會看起來那麼寂寞——

她們每次來都會挑三揀四，然後把人家送給婆婆的中元或是年節禮品全帶回去。

有一次，她們帶回去的中元禮品裡頭剛好有人家送給丈夫的東西，她已經儘可能相當委婉地傳達了，卻被她們在親戚間說成是「小氣巴拉的媳婦，真是丟臉」。從那之後，只要是人家送給先生的禮品，她都會馬上收到二樓的置物間去。

自己的丈夫也真是的，雖然知道他經常加班很辛苦，但至少希望他能陪婆婆說說話。但是他每到禮拜六就出門去打高爾夫，禮拜天則總是喊著很累然後就睡到中午過後。

大女兒桃佳也是，自從搬到外面一個人住後，就幾乎不回家，正樹也不會下到一樓來。

所謂的家人，到底算什麼？

沒有一個人能體諒自己的辛勞。
不對……沒有這回事。娘家的媽媽就懂。
媽媽過去看護奶奶沒有喊過一次累。奶奶那時罹患了失智症，照顧起來的辛苦絕對不是現在的自己能比得上的。此外，爸爸有五個兄弟姊妹，大家都住得很近，但媽媽卻也從不曾要求他們幫忙。
——結果什麼事都只能一個人來承擔。
媽媽曾說過，不上不下的幫忙反而只是累贅。當時，媽媽的心裡頭不曉得有沒有魔鬼的存在。不曉得從何時開始，自己的心裡開始有了魔鬼棲息。
「……東洋子，妳有在聽我說話嗎？」
「什麼？」
「妳在發什麼呆呀，我說昨天的燉菜太鹹了。」
以前的婆婆說話不會那麼直來直往的。
——不好意思呀東洋子，真是抱歉。
——媽，您別這麼說，有什麼就別顧慮跟我說。
以前每天都是像這樣對話的，是從什麼時候開始的呢……。不曉得從什麼時候開始，婆婆把行動不便所以需要別人照顧這件事視為理所當然。

剛開始看護婆婆的時候，婆婆會因為身體不聽使喚而感到懊惱，東洋子甚至對此感到相當同情。因為還沒熟悉看護的工作，覺得自己有很多地方做不好，每天都會自我反省。只要想到自己有一天可能也要麻煩他人，就覺得看護是可以忍耐的。但是，如果到了七十歲就非死不可的話，所有人臥床不起的機率都會大幅降低。所以這一陣子她變得無法掩飾自己的不耐。

婆婆要是得了癌症就好了……。

如果醫生宣告她只剩三個月可活的話，自己對待她一定會比現在更加和顏悅色。面對婆婆的刁難，她有自信絕不會動怒，因為畢竟不過就是三個月的看護而已。

唉，早知道就不要跟婆婆同住了。要是當初不選擇一起住的話，現在負責看護婆婆的就是大姑跟小姑了。婆婆來說，比起媳婦，她肯定也更希望是親生女兒來照顧自己。

——你從小住到大的家就在東京都裡，幹嘛還要去貸款幾千萬買公寓？你是長子，跟我一起住不好嗎？

婆婆提出要同住時，桃佳還在讀國中，正樹還是小學生。那時剛好覺得公司宿舍住起來已經有點太小了。

當時，他們同年齡層的家庭陸陸續續有人買了房、搬出公司宿舍，看著他們神采飛揚準備搬家的樣子，讓東洋子內心感到相當焦慮。取而代之住進來的是年輕夫婦，公司宿舍內部正在進行世代交替。在這樣的狀況下，一直賴在公司宿舍不走就彷彿是貧窮的證據般，感覺很淒慘。

面對婆婆的提議，丈夫馬上買單。

自己一想到同住的麻煩就遲遲下不了決心；但是如果不用買房子，就能多花點錢在孩子的教育費上。東洋子是因為這點才下定了決心。

剛從公司宿舍搬到這間房子的時候，正樹的狀況是怎麼樣呢？可能只是當時自己沒有注意到，或許他打從那時開始就已經有繭居的傾向了。可能是做母親的自己沒能打進公司宿舍主婦們的圈子裡，所以才給正樹帶來了不良影響。她自己本來就不是特別合群的人，這一點在學生時代就有自覺，一直以來也試著要改善。雖然稱不上擅長，但她總是努力地掛著親切的笑臉，在公司宿舍的活動區域內總是逢人就打招呼。

但唯一讓她始終受不了的就是主婦間的閒言閒語。那群主婦間有著根據派系與年齡所劃分的上下關係，這個上下關係又與每個人先生的職稱有關，是非常複雜又怪異的人際關係。東洋子在深思後，決定保持距離採取中立立場。然而，這麼做卻帶來了反效果。不知不覺間，對於每個派系的人來說她都是異端份子，有可能是這一點影響到了小孩子的人際關係。

「東洋子，欸，妳有沒有在聽呀？」

「啊，真是抱歉。」

「搞什麼呀，一直在發呆，是怎樣了嗎？」

「沒有，沒事……」

她因為疲勞不已覺得腦袋都無法運轉了。說實話自己也不年輕了，婆婆要是能別老在半夜把自己叫醒就謝天謝地了……。

「真的是受不了妳，要我說幾遍才聽得懂，攝取過多鹽分會高血壓的！」

「什麼？可是……」

東洋子吃驚地看著婆婆。

前幾天婆婆才這麼說的。

——東洋子，為什麼菜都沒味道啊。

於是自己這麼說明。

——我擔心您的血壓，所以煮菜時少放了一點鹽。

——反正早晚要死的，血壓已經無所謂了。

當時東洋子還覺得婆婆說得有道理，她只剩兩年可活，變得無法外出後唯一的樂趣就只剩下吃。於是她改變了想法，配合婆婆的喜好把菜煮得鹹一點。

然而，這似乎不是婆婆的真心話。

「幹嘛呀，那個眼神，東洋子妳看起來好嚇人。」

「您怎麼這麼說……我是想您有在服用降血壓的藥，應該沒問題的……」

「妳是想讓我變成藥罐子就是了？」

自從婆婆說話變得毒舌的那一天起，魔鬼就悄悄進駐了自己心中。

「我腰痛又眼花，好痛苦啊，真想早點死一死。」

「媽……」

每當東洋子聽見婆婆說她想死，就會有一股強烈的空虛感湧上心頭。

每天從早到晚，不，就連半夜都要照顧婆婆的自己，好像哪裡對不起她一樣。她愈是努力就愈是帶來反效果，自己到底是為了誰這樣拚死拚活？

——多虧有東洋子我才能那麼長壽，真的是很幸福，謝謝妳呀。

以前有段時間婆婆還會這樣對她說話的……。

自己變成老人後，是不是也會像婆婆這樣暢所欲言、老是刁難媳婦呢？不會的，自己絕不會變成這樣。東洋子不想變成這樣。

再十五年後自己就七十歲了。

對於年輕人來說十五年或許漫長，但是她知道對於五十來歲的自己而言，一轉眼就過去了。隨著年齡增長，她曾對時光的流逝害怕得不知所措。要是她對桃佳說「前不久我還是學生呢」，肯定會被嘲笑，但自己絕非在開玩笑。

只剩十五年……。

唉，好想重獲自由。

從明天開始，不，從現在開始就想重獲自由。

該怎麼做才能重獲自由？

除了離開這個家之外別無他法。

所以是離家出走？

這也就代表要……離婚？

但是自己一個人住是需要錢的。

該怎麼辦才好？

錢……錢！

就在下一個瞬間，東洋子飛也似地衝出婆婆的房間。
她奔跑到走廊上。
「東洋子，在幹什麼這麼冒失，怎麼了？」
婆婆的聲音追了上來，「我腰還在痛呀，欸東洋子，妳不再多幫我揉一下，我還在不舒服耶！」
東洋子快步上了二樓，拉出臥房中的桐木櫃抽屜。
這個桐木櫃裡放著結婚時娘家的媽媽幫自己訂做的和服。東洋子將和服跟隔層用的紙一起翻開，伸手進去摸索一番後，摸到了一個信封袋。裡頭裝有五十萬日圓。
在開始看護婆婆的前幾個月，東洋子一度無法壓抑下想要拋下一切離家出走的衝動。這筆錢就是離家出走的備用金，是那個時期她從丈夫的薪水中每次拿出一小筆、一點一滴地攢下來的。要是有個什麼萬一，至少自己身上還有私房錢，光是這樣想就讓自己安心許多。不過現在想想，不過才五十萬日圓而已，當初怎麼會以為這樣就能展開新生活？真是不可思議。
東洋子拉開最上層的小抽屜，拿出掛了丈夫名字的存摺。
因為那時沒有買房子，所以還存了不少錢。截至目前為止要說有什麼比較大筆的支出，首當其衝的就是教育費，再來就是整修屋頂跟流理臺的裝修費而已。

乾脆一不做二不休，把存款先領出來吧。

東洋子把丈夫的提款卡放進圍裙的口袋裡。

最重要的是不要讓任何人察覺到我在計劃離家出走。東洋子可以輕易想像，自己一旦不在這個家中，肯定所有人都會叫苦。

因為除了自己，還有誰會願意照顧婆婆？

丈夫跟大姑小姑們肯定都會戰戰兢兢，用盡任何手段都要阻止媳婦離家出走。而這個方法也很簡單：別讓媳婦手頭上有錢就可以了。

所以，在實施計劃之前絕不能讓任何人起疑。

「東洋子！」

樓下傳來婆婆尖銳的呼喚聲，將東洋子拉回了現實。

我……是吃錯了什麼藥。

明明再捱兩年就能重獲自由了，我怎麼會想要破壞掉好不容易建立起來的家庭……。

這一切都是婆婆的錯，真是讓人怒從中來。

不對，這樣想不對。

最痛苦的人就是婆婆了，對於被宣判只剩兩年可活的人，要他們打起精神歡度剩餘的時間根本就是天方夜譚。

相較之下，自己還有未來。雖然只是短短的十五年，但是婆婆死後就可以無憂無慮地在這個家中悠哉度日。到時就把婆婆的房間改回客廳，再將家裡給重新整修一番吧。屆時也可以無所顧忌地叫上朋友來家裡聚會了。

但婆婆不曉得是不是敏銳地察覺到了媳婦心裡的盤算，最近她的脾氣益發暴躁。

東洋子小心翼翼地將提款卡跟裝有五十萬日圓的信封袋放回衣櫃內，快步走下樓梯。

「媽，抱歉讓您久等了。」

「是怎麼了，突然跑去二樓？」

雖然婆婆說她耳背，但似乎還是能把腳步聲聽得很清楚。

「突然想到靜夫是不是沒有關掉暖氣就去上班了，有點擔心。」

「小靜也真是的，這樣可是糟蹋電費。」

婆婆直到現在都還是稱呼自己就要滿五十八歲的兒子為「小靜」。

「我也是這樣想的……所以才連忙上去二樓看看，還好空調是關上的。」

「冒冒失失的，我還以為出了什麼事呢。」

婆婆這麼說著，改成趴著身，閉上了眼睛。「再左邊一點，再多出點力。」

不曉得是不是沒曬到太陽的關係，婆婆的脖子看起來很蒼白，感覺不費吹灰之力就能將她勒死。

「東洋子，今天晚餐吃什麼？」

聽起來像少女一樣甜甜的聲音。

到底是什麼東西在左右她的情緒？婆婆的脾氣說變就變。

「您想吃什麼嗎？」

「我偶爾也想吃一下山椒屋的壽司捲。」

「壽司捲嗎……」

山椒屋的壽司捲裡頭有包鰻魚，所以一條要價一千兩百日圓。

公公那個年代可以領的厚生年金相當優渥，公公死後婆婆便以遺屬身分繼續領取年金，此外還聽說公公留下了為數可觀的存款。不過話雖如此，婆婆對於家計可是絲毫沒有貢獻。因為她的思考還是停留在長男就是要負責照顧雙親的傳統觀念上。不，撇開這點不說，從她的言談間就能隱約捕捉到「我可是免費供你們住在這個家裡」的意識。

最近不曉得是不是財產多多少少有所減少的關係，婆婆變得異常摳門。

「那我現在就去山椒屋買。」

「妳是要騎腳踏車去吧？」
「沒有，因為腳踏車怪怪的。」
「妳還沒牽去修理啊？」
腳踏車只是在騎的時候會吱嘎作響，並沒有壞掉。
「我走路去買，可能會花點時間。」
走路到山椒屋大約要十五分鐘。
出門買東西是東洋子唯一能喘口氣的時間。
東洋子懊惱著怎麼沒能早點想到腳踏車壞掉這麼好用的謊話。想要驅趕心中的魔鬼，最好的方法就是呼吸戶外的空氣。
不過，她也不能慢悠悠地走，因為婆婆會計算她的外出時間。每次婆婆對她說「今天比昨天慢三分鐘」或是「快了兩分鐘」之類的話時，她總是不禁寒毛直豎。
「妳要穿什麼衣服出門？」
婆婆只抬起了頭，上下打量著東洋子。「穿體面點出門啊。」
對於婆婆來說，讓街坊鄰居認為寶田家的媳婦總是穿得漂漂亮亮這件事非常重要。
東洋子為了換衣服而上了二樓，站在梳妝臺前。

起毛球的苔綠色毛衣跟膝蓋處有磨損的褲子。

東洋子塗上護唇膏後，在臉頰跟手上抹了護手霜。忘了是哪個搞笑藝人在電視上說，女人要是把護手霜當面霜在用就稱不上是女人了……。

光是換個衣服都好累，不曉得是不是睡眠不足，頭昏沉沉的。

她在毛衣上套上了黑色長外套，全身就這樣被遮去了大半。

東洋子下到一樓，從廚房的抽屜裡取出銀行的信封袋，裡頭有將近一百萬日圓。因為沒有空去銀行，所以她一口氣領了一百萬日圓，這樣足以應付好幾個月的生活費。這個習慣是婆婆病倒後才有的。

東洋子抽出了一張一萬圓大鈔，放入錢包內。

一踏出門，刺骨的冷風就迎面而來。

明明早上晾衣服時還感覺到春天的暖意，今天的天氣有點不穩定。

「寶田太太您好啊。」

向她打招呼的是住在附近公寓的六十來歲主婦。

「您好啊，今天真冷呢。」

「婆婆的身體還好吧？」

「她食慾不錯，氣色也滿好的。」

「那就好。是說，正樹後來還好嗎？」

鄰居都知道正樹辭職後待在家裡。如果是女孩子的話，可能會想成是要留在家幫忙做家事，或是在為了結婚做準備，也就不會那麼好奇了。但是正樹既是男孩子，又是帝都大畢業的，大家好像都興致勃勃地想打聽。加上附近住的又都是老人家，更是助長了這樣的趨勢。

「正樹他……現在在家裡唸書。」

「這樣呀，之前都沒聽說。是在準備司法考試之類的嗎？」

「嗯，也不是耶……」

「那是在準備什麼？」

「這個嘛，就是在唸書囉。」

東洋子勉強地笑了一下，「我趕時間先走了，不好意思。」拋下這句話後，她便快步離開。

剛從大東亞銀行離職的時候，正樹每星期都會穿著西裝出門去面試。但是到了第二年後，就鮮少看到他穿西裝，也幾乎不出門跟朋友聚會。到了第三年，就幾乎每天都待在家裡。

正樹要是就這樣變成了繭居族該怎麼辦？社會上有些男性一繭居就是幾十年，這樣的新聞時有所聞。每當東洋子看到這樣的報導，都會感到相當不安。不，這孩子不算是繭居族，因為他半夜還是會去便利商店或是去租ＤＶＤ。她聽說被稱做是繭居族的人是一步也不出房門的。所以正樹跟那些繭居族是不一樣的。

她相信正樹有一天一定能重新振作的。現在剛好只是他的低潮期，這孩子現在很辛苦，他很奮力地在找尋照亮黑暗的光明。

這樣一想，我們家有三個孤獨的人。正樹和婆婆，還有自己。這個家是由孤獨的人所組合而成的集合體。

在山椒屋買完東西步出店內後，一陣冷風撲上東洋子的臉頰。她不禁在商店街的路中央停下了腳步。

下雪了。

本來想將摺傘拿出來的東洋子又放了回去。

她將兩隻手微微伸展開來，試著深呼吸。

為數眾多的雪花從天而降，落在她的臉頰、頭髮和手上後融化開來。

啊，好舒服。

乍看之下若有似無的雪，在不知不覺間就下得更大了。大概是被灰色的雲給蓋住了所以才看不到，在厚厚的雲層後方，正有一個一臉不懷好意的紅鬼正在奮力地轉動巨大刨冰機的把手，雪片往下倒。這樣的情景浮現於東洋子的腦海中。

紅鬼？

她覺得好像看到了自己心中那個惡魔的身影了。

紅紅的臉、瞪大眼睛怒目而視，還有尖銳的牙齒……自己有時可能看起來也像惡鬼一樣吧。

東洋子仰著天張開嘴，雪花落在了舌頭上。

嚐起來有自由的味道。

察覺到有人在看自己的東洋子轉頭看過去，有個騎在腳踏車上的男孩正詫異地盯著自己看。

你肯定無法想像吧？

想像我這樣的歐巴桑，內在還是保有一點少女心的……。

東洋子嘆了一口氣，白色的吐息浮現眼前。

她在雪中邁步走著。

想喝點熱的東西，冷得徹骨。

上一次去咖啡店已經是什麼時候的事了？

自動門打了開來。

「歡迎光臨。」

咖啡濃郁的香氣竄入鼻腔。

——我在山椒屋店裡等了很久。

只要找藉口向婆婆這樣說就沒問題了。那家店的壽司賣得很好，時不時會因為店家的備貨趕不上賣的速度而必須等，這一點婆婆應該也曉得。

只要短短的十分鐘就好。

十分鐘的話應該無所謂。

但是東洋子朝向店內走的腳步卻不自主地停了下來。

店內好多客人，放眼望去盡是老人家。如果其中有婆婆的熟人的話，事後肯定又很麻煩。

還是直接回家吧。

東洋子無視於店員詫異的神情，轉身走出了店內。

＊

三十歲的寶田桃佳正在特別養護老人安養中心的餐廳盛裝老人家們的晚餐。可能是因為身材嬌小加上娃娃臉的關係，讓她看起來比實際年齡小了一點。

「動作快一點！」

「要被追上了啦！」

隔壁的娛樂室傳來了老人們的高聲。

桃佳從廚房的吧臺往娛樂室窺探，看到老人家們正在玩傳氣球的遊戲。這個遊戲是讓競賽者排成縱隊，將氣球從最前方往後傳，看哪一隊的速度快。

「真是的，又是光江。」

站在縱隊正中央的光江婆婆讓氣球掉到了地上。

「好，時間到，遊戲結束。」

笛聲響起。「B隊獲勝！」

「光江真是的，是不是運動神經有問題呀？」

又來了。

面對這樣無奈的場面，桃佳忍不住別開了視線。

這裡大部分的老人對別人都很不留情面，跟小孩子的世界一樣殘酷。

「是我的錯就對了啦，反正每次都是我害大家輸給A隊，我乾脆死了算了！」

「妳啊，要死也不是那麼容易的啦。」

「要是把氣球掉到地上那麼輕易就能死的話，我早就每次都把氣球弄掉了。」

「話說，每個禮拜都會來日間照護的北山上禮拜走了。」

「他不是還很健康嗎？真是羨慕，可以像那樣一下子就走了。」

「真想像他一樣有福報。」

「我也是。」

「怎麼每個人都在那裡說夢話，我們就是沒辦法那樣一下子就走掉才會在這裡不是嗎？」

「不過多虧有那個法律，再忍個兩年就好了。」

最後總是會扯到死的話題上，每次都是這樣。

每個人都很關心自己身邊的老人是怎麼死的。最好是在毋須經過任何痛苦的檢查，也沒受什麼苦痛的情況下走掉是最好的，這樣殷切的期盼瀰漫於此處。

只要聽說了誰是在睡夢中走掉的，或是走得很詳和的話，大家無一不羨慕，要說是一種憧憬也不為過。每次看到這些老人的樣子，桃佳就會想到自己臥床不起的奶奶，產生一股難以言喻的情緒。

雖然老家就在東京都裡，桃佳之所以在外面租公寓開始一個人住，其實是為了要逃避看護奶奶的差事。在那之前桃佳是在一間小印刷公司工作，但是母親因為看護精疲力盡，於是也開始要求她幫忙。一個晚上要被叫醒好幾次，光只有母親一個人的話身體是撐不下去的。對此桃佳再清楚不過，但是她因為自己有工作在身，所以無法代替母親分擔。

就在那個時候，母親很過意不去地對她這麼說了。

——可不可以把工作給辭了？

雖然桃佳很同情母親被逼到走投無路的處境，但她心想自己還那麼年輕，才二十來歲而已，要她切斷與社會的連結，投身不知何年何月才能結束的看護生活，她才不幹。她很想大喊：「別把我也給捲進來！」

見她不知該怎麼回話，母親這樣說。

——錢的話不用擔心。我會給妳生活費的。

她在小印刷公司擔任的是行政工作，薪水跟父親比起來絕對不夠看，這一點她心知肚明。不過，這可不是錢的問題。雖然自己這麼想，但感覺已經窮途末路的母親是無法理解的，所以她什麼也沒說。

在那之後，每天只要看到母親疲憊的樣子桃佳就感到很痛苦，最後決定搬出去。雖然母親都要求她辭去工作了，但是卻沒有阻止她搬出去。

——桃佳的選擇是正確的，看護老人家的工作連孫子都要拖累進來的話本來就說不過去。

自此之後，桃佳心中始終有一股對母親見死不救的罪惡感。

所以她對看護的工作也是敬謝不敏。雖然她是這麼想的，但諷刺的是，她現在就在老人安養中心做看護的工作。會這樣也是因為在她開始一個人生活不久後，她工作的那間印刷公司老闆把自己的姪女找進來做行政。畢竟是家族企業，自己也不是長得特別漂亮，更沒有一技之長在身，所以就丟了飯碗。

在那之後她以派遣員工身分到好幾間公司當行政人員，她用盡了全力表現，但沒有一間公司願意將她轉為正式員工，每次都是期限到了，合約就隨之告終。

有一次她在一間物流公司的總公司工作，接到一位委託量很大的客戶的抱怨。可能是一把怒火燒上了心頭吧，對方公司的業務課長突然親自跑來了總務部。就在她遠遠看著對方跟擔任窗口的同仁互不相讓之際，那位課長突然提高了音量。

——跟你講話是對牛彈琴，把可以解決問題的人叫出來。

當時一位兼職的主婦馬上上前應對，才沒讓事情鬧大。桃佳環顧自己身邊，絕大多數是反應快、又精通電腦，而且做事很周到的兼職主婦。但是就連她們也都無法被升為正式員工。想到這裡，自己漸漸連行政工作也做不上也算理所當然。即使在派遣公司註冊了，空窗期卻只是愈來愈長。

最後，她能找到的棲身處就是老人安養中心。因為照顧老人的看護工似乎人手極度端不足，她馬上便以實習身分獲得雇用。

鐘聲響了起來，吃飯時間到了。

「啊──來，嘴巴張開喔！」

她正在餵一位九十三歲的婆婆吃茶碗蒸。

開始在這裡工作有三星期了，餵他們吃飯或是帶節奏體操、打掃什麼的都能習慣，唯獨要幫他們把屎把尿以及要幫忙洗澡至今仍無法適應。

桃佳感到身心俱疲，休假日也沒有精力出門，一整天在家裡睡覺。目前她還是實習生所以還沒排夜班，但她聽說，夜班好像只有兩名員工來負責照顧八十來個老人。

「接下來我們吃豆子喔──」

桃佳在婆婆的耳邊扯著嗓子說。

今天的晚飯是蛋黃醬煎鰆魚、茶碗蒸、白飯、豆腐清湯、煮甜斑豆、醃白菜跟一顆橘子。沒有牙齒的老人家就用攪拌機幫他們將食物攪碎，可以見到奶油色、可可色或是半透明的濃湯狀物體分別裝在不同的碗中。

有些老婆婆會有氣質地用筷子優雅夾菜，有些則是身體前傾，像狗一樣地直接用舌頭吃；有的則是因為手搖晃不已，在菜還沒入口前就灑掉了不少。

「啊，對不起。」

在桃佳分神之際，百合根就從湯匙上滑落了下來。

那是因為桃佳從剛剛開始就一直在注意門邊。今天負責值夜班的是福田亮一，他每次都會提早三十分鐘左右到，差不多該是他現身的時候了。

「野田婆婆，要好好咀嚼喔！」

這位婆婆就算把食物放入她嘴哩，也都不好好咬。

「寶田妳這樣不行啦。」

突然有人從後頭拍了她的肩膀，原來是主任久子。

「來，妳看我示範，她嘴裡是不是還有很多飯？她都還沒吞下去妳就一直塞新的給她，這樣很可憐的。」

「欸……」

「妳看，要像這樣確認她喉嚨動了一下，把食物吞下去後才能再餵下一匙。」

真是讓人震驚。

自己在這過去的三個星期以來竟然完全沒察覺到這一點，腦袋裡想的只是要趕快餵完，總是一匙又一匙地緊接著餵。

「野田婆婆，真的很抱歉。但是……野田婆婆其實可以跟我說的。」

桃佳不經意地吐露了怨言。

「人家是客氣不好意思說喔，一想到自己是站在麻煩人家的立場，就會很難以啟齒的。」

聽到久子這樣說，野田婆婆看似很過意不去地微微抬眼看她。

「以後我會注意的，真的非常抱歉。」

餵完老人家吃飯後，桃佳將桌面擦拭乾淨。差不多該是亮一現身的時候了。她下定決心今天一定要跟他說到話。他那看起來落寞的側臉深深吸引著桃佳。

幾天前，桃佳問了久子才知道，原來亮一的奶奶也住在這間特別養護中心。亮一的爸媽在他還小時就因為事故身亡，從小是爺爺奶奶拉拔長大的。爺爺在兩年前因癌症過世，現在身邊的血親就只剩下奶奶。但是臥床不起的老人家是不會出現在食堂內的，所以桃佳至今一次都沒見過他奶奶。

「寶田可以下班了喔。」

聽久子這麼說桃佳看了看時鐘，已經過了早班的下班時間。

在她步出餐廳走到走廊上時，透過窗戶往下看，正好看到亮一從停車場走向員工專用出入口。

她輕聲地快步下了樓梯，假裝成是偶然，緩步走在走廊上。

「辛苦了。」

她鼓起勇氣向他打了招呼。

「謝謝。」

亮一雖然有回話，但卻沒有往這裡看，他正在脫腳上的球鞋，準備換上室內鞋。不曉得是不是自己多心了，今天的他看起來顯得益發哀愁。

「這份工作比我想像中要來得辛苦……」

我這是在說什麼呀。

就在桃佳覺得很丟臉想要逃離現場時，亮一總算第一次把臉給抬了起來。

「妳是上個月新來的？」

跟他對上了眼，好緊張。

「對。」

「怎麼會想在這種地方工作？」

「這種地方是指？」

「想說妳是不是因為有什麼特別的想法才會來安養中心工作。」

「那是因為……我奶奶也臥病在床的關係。家裡雖然目前是媽媽在照顧，但我在想是不是……」

亮一是這裡的正式員工，當然不能對他說實話。

——我是因為找不到工作，逼不得已才來這裡的。

這樣說就太失禮了，畢竟有很多人是懷抱遠大志向與使命感在這裡工作的。

「就想要在這裡學習看護，之後幫忙照顧妳奶奶？」

「嗯，差不多是這樣。」

「妳要回家了？」

「對，我是上早班的。」

「這樣啊，今天辛苦了。」

亮一說完後，朝電梯方向走去。

就在桃佳目送他離去的背影時，他突然轉過了身來。「如果妳不排斥的話，要不要一起去看一下我奶奶？」

「你說什麼？」

「我奶奶住在這裡一號大樓的三樓。」

因為太過於突然了，桃佳吃驚到忘記要回話。

「啊，抱歉。如果妳急著走的話就算了。」

「沒這回事，我接下來也沒什麼事做，還請務必讓我一起……」

「這樣啊，那謝謝啦。我自己一個人也滿無聊的，幫了我大忙呢。」

從亮一的表情來看，當然絲毫看不出對桃佳有任何的意思。應該說她自己鮮少被當作女性來看待吧。真是可悲。她甚至怨恨起自己長得像父親的不起眼五官跟微胖的體型。正樹就能長得像媽媽，五官端正……。

桃佳跟亮一一起搭電梯上了三樓，走在通往一號大樓的聯絡走廊上。

「就是這裡，八人房。」

亮一這麼說著，將門給打了開來。

看見室內的當下，桃佳不禁止住了腳步。

白髮的老婆婆們身上插了好幾根管子，各自躺在自己的床上。看起來彷彿像是蠟像一樣。機器低聲響著，這種安靜讓人覺得很不舒服。

一群等死的人……。

桃佳想像中的是房內的老人家各自讀著雜誌、盯著電視的小螢幕看，或是跟隔壁床的人自誇自家的孫子好……她腦海中呈現的是這樣的光景。也就是說，即使是臥床不起，但還是跟自己的奶奶一樣食慾旺盛、很健談、我行我素……在桃佳的想像中應該是這樣的，但是房內卻悄然無聲。

定睛一看，房中所有老人的都做了氣切。

「奶奶，我來了。」

靠窗邊床上的奶奶瞬間將閉著的眼睛睜了開來。

奶奶有著明顯的雙眼皮，黑色眼眸看起來濕潤。雖然現在她的皮膚黝黑，臉上有著無數的皺紋，但看得出來她年輕時應該是相當漂亮的。

「感覺還好嗎？」

亮一向她說話，但她卻毫無反應。亮一握住奶奶的手，撫摸著她的手背。奶奶只是直直地盯著亮一看，不發一語。

「我奶奶在七十七歲時因為腦中風病倒了。」

亮一轉身向桃佳這麼說。

「她現在幾歲了？」

「八十二歲了。腦中風是在她從圖書館回家的路上發作的，雖然馬上被送上了救護車還開了刀，但是隔天又再次出血，在加護病房待了十天左右。後來她雖然醒了過來，但身體卻變得不聽使喚。但那之後她開始做復健，又是推球又是行走訓練的，每天都很賣力，漸漸地只要有人在一旁協助，奶奶又變得可以走路了。」

「真了不起，哪像我家奶奶，她因為討厭做復健每天窩在家消磨時間，結果就這樣臥床不起了。」

「因為我家奶奶是自尊心很強的人，她在退休前一直是高中的生物老師，自己在家裡還養了爬蟲類，是非常熱衷於研究的人。」

「那為什麼現在會躺在這裡？」

桃佳這麼問道，一面瞄了這個老婆婆一眼。

她從剛才開始就覺得有點在意，總覺得這個奶奶聽得見兩人所有的對話。當然那應該也只是自己的錯覺而已，亮一的奶奶睜大了眼睛直盯著亮一看，她那黑眼珠相當明顯的大眼睛傳達出了一股很堅定的意志。

明知她應該聽不見，但總感覺有點坐立難安。

「她住院那時身體逐漸恢復，每次去探病她都是笑臉迎人。但是，住院住了三個月後院方逼我們出院，我們在走投無路下才會來到這間安養中心。這裡雖然會帶老人家一起做節奏體操，但是卻沒有針對個人的復健課程，奶奶躺在床上的時間也慢慢變長。有天，她因為痰卡在支氣管跟肺裡引發了急性呼吸衰竭。當時，醫生建議做氣切，進行胃造口手術。」

「胃造口？」

「對，就是將胃開一個洞，從那裡直接灌食。當時，我毫無相關知識，不曉得延命治療會這麼殘酷，心想若是醫生建議的話那應該沒問題……我真傻，都是因為我，才害得奶奶這四年胃都得插著管子。」

「什麼，這種狀態已經有四年了？」

桃佳不禁打了個顫。

就在此時護士進到房裡。

「中野織江婆婆，吃飯時間到了喔。」

護士向奶奶這麼說。「唉呀，你好。真好呢，您孫子是員工裡頭特別受歡迎的福田，大家都很羨慕織江奶奶您喔。」

護士將裝了營養劑的袋子架上了點滴架，再接上插在奶奶肚臍旁、長約二十公分左右的管子後，咖啡色的液體就開始從塑膠製的袋子中滴滴答答地滴落。

「吃飯指的是這個嗎？」

「妳是打工的寶田嘛，原來你們認識呀？」

「呃……嗯。」

「這樣子的餵食一天兩次，早上跟傍晚各一次。三百毫升的營養劑要花一個小時才能灌完。」

這樣子已經四年了？

這樣活著有什麼意義嗎？

雖然這種話絕不能說出口，但要是自己的話肯定活不下去。

「織江婆婆，聽說明天也是好天氣喔。」

護士向她搭話的瞬間，奶奶的表情第一次有了變化。她的眉頭深皺，癟著嘴瞪著護士。感覺相當憤怒的表情，就連桃佳看了都覺得可怕。

「只要再忍個兩年就好，多虧有那條法案。」

亮一這麼說之後，奶奶的表情瞬間變得柔和。

不會吧，難不成……她聽得見？

「織江婆婆雖然沒辦法講話，但我們講的話她都聽得懂喔。」

護士看似難受地說道。

「怎麼會……」

桃佳的腦海裡頓時浮現了《強尼上戰場》這部美國電影。這部電影是她有生以來看過最殘酷、最可怕的電影。故事描述的是一位青年因為戰爭而喪失了四肢與眼耳，他失去了所有與這個世界溝通的手段，唯獨腦袋可以清楚運作。

桃佳看向亮一，他的目光從奶奶身上移開，盯著窗外看。

他的嘴唇微微顫動著。

亮一非常孤獨。不管是誰都好，他可能是因為希望身邊有個人陪，所以才會邀自己一起過來的吧。

第二章　所謂的家人到底算什麼？

掛在屋簷下的南部風鈴擺盪著，發出叮鈴鈴的聲音。

但是讓人感覺涼爽的也只有聲音，入夜後氣溫還是居高不下。

婆婆的房間一點聲響都沒有，她是已經睡了嗎？

東洋子走到走廊上，悄悄窺探婆婆的房間，燈還亮著。婆婆不喜歡吹冷氣，每到夏天為了保持通風，門跟窗戶都是大開著的。

從走廊上可以看到婆婆的側臉，她把床的角度調高，正躺著望向窗外。她究竟在看什麼？正對著窗戶的拉門可是關得緊緊的。

正當東洋子準備往前走、出聲呼喚婆婆時，吃了一驚停下了腳步。

婆婆的臉頰上有一道閃亮的東西滑落。

正當東洋子猶豫著是否該出聲時，大門的門鈴響了起來，好像是丈夫回來了。

「今天大家一整晚都在談七十歲死亡法。」

站在玄關的丈夫這麼說道，微醺讓他整張臉泛紅著。每逢大學時期登山部的聚會，他總是顯得心情很好。

「我來沖咖啡吧。」

東洋子早就將電子煮水壺的水給裝得滿滿的，燒開了水在等丈夫歸來。她太想找個人說話了，自從開始看護婆婆後就變得無法出門，可以說話的對象也只剩下丈夫一人。

「咖啡晚點再泡沒關係。」

丈夫穿著拖鞋，發出輕快的腳步聲穿過了走廊，直直向前進。「我有話想跟東洋子跟媽說，妳也一起過來媽的房間。」

東洋子不得已追了上去。

「媽，感覺還好嗎？」

丈夫將臉湊近婆婆的耳邊大聲地說。

雖然婆婆說她耳背，但其實聽得可是一清二楚，看穿這一點的只有自己。

「還行，東洋子把我照顧得很好。」

婆婆溫婉地如此回答。

她似乎是想維持讓人敬愛的慈母形象，所以在兒子面前也必須對媳婦很好。東洋子覺得婆婆這一點很可愛。對於婆婆那個世代的女性而言，兒子是與眾不同的存在。有別於女兒，兒子在家中的地位是凌駕於母親之上的。男尊女卑的觀念滲透至這個世代女性的骨髓中。想到這裡，婆婆在不開心時對自己的頤指氣使，或是我行我素的風聲要是傳到兒子的耳裡，想必不會是她樂見的。

丈夫坐在床邊的骨董椅上，這張椅子是公公在骨董店買的，上頭有手工雕刻，是一張有年紀的厚實椅子。現在這張椅子變成丈夫專用，東洋子一次也不曾坐過。因為房內只有一張椅子，所以東洋子跪坐在地板上。

「其實我在考慮不要等到兩年後才退休，現在就把工作辭了。」

「什麼，為什麼？」

東洋子相當吃驚，不自覺地放大了音量。

「因為那條法案，現在我的人生只剩下十二年了。十二年一轉眼就過去了，我覺得時間不應該浪費在工作上。」

丈夫是想將到退休為止的兩年奉獻給母親嗎？想想婆婆也只剩兩年可活，對於做兒子的來說，這麼做也算是理所當然吧。一直以來，晚歸的丈夫只有在假日會跟婆婆見到面。

「所以說，小靜你已經決定要離職了嗎？」

「因為還有交接的工作，雖然不會是這一兩天，但我想最慢要在今年年底以前離職。」

要是丈夫也留在家的話，看護婆婆的工作就會變得輕鬆許多，正樹的問題也能交棒給他。然後，最棒的是自己就可以外出，還可以跟大學時期的朋友一起去小旅行了。

天啊，真開心。

丈夫本來就是很溫柔的人，時不時會關心慰問做為妻子的自己，也常會對自己說「別累壞了」。唯獨就是他完全不幫忙做家事，但那也是因為他工作繁忙、身心俱疲的關係吧。

從今以後，就別再這樣打從心底討厭婆婆了。

跟丈夫兩人攜手共度難關吧。

婆婆也不是因為自己喜歡才這樣臥床不起的。不管是誰，只要像這樣每天躺在床上想必都會對人生感到絕望、氣餒的。

「這樣子之後就沒有薪水領了但沒關係吧？提前退休的退休金會稍微多一些就是了。」

丈夫一臉過意不去地往這裡瞄了一眼。

「多少過得去啦。」

家裡沒有房貸，小孩子的教育費也全部告一個段落了。這樣一來，所需的也只有生活費而已。

之後找個時間好好算一下到七十歲為止的生活費吧，這樣就能搞清楚可以奢侈到什麼程度。兩年後婆婆走了以後，至少想跟丈夫一起去旅行。

「我贊成，小靜一直以來都為這個家奮鬥打拚。想想你爸那個年代五十五歲就退休了，做到你這年紀也夠了。」

「謝謝，我就知道媽妳能諒解。那東洋子妳覺得呢？」

「我當然也贊成呀。」

「這樣啊，太好了。」

丈夫微笑著。

「長年以來辛苦你了。」

這麼說著低下頭時，丈夫臉上浮現明朗的表情望向自己。在外上班的辛苦果然不容小覷，丈夫一臉獲釋的樣子。

「其實，我想下定決心去環遊世界。」

丈夫看起來有點坐立難安。

想出國旅行的心情我也明白，但是拿在人家走了以後再談比較好的事在本人面前說，未免也太有失顧忌了。

東洋子急忙偷看了婆婆一眼，果然看起來五味雜陳的樣子。

「小靜你想去哪些國家？」

婆婆的聲音聽起來無精打采的。

他說想要環遊世界，所以有可能是五大洲走一遭。其實自己也是從以前開始就想環遊世界了，只不過覺得這個夢想不可能實現，所以早就放棄了。

但是路上省著點花應該還是有可能吧？

「還沒有規劃到那麼詳細。」

畢竟是兩年後的事，計劃慢慢擬定就好。手裡拿著地圖，兩人拿不定主意一起討論感覺也很開心。明天就趕快讓丈夫先把旅遊書給買回來吧。

首先先去歐洲，至少至少一定要去法國、義大利還有德國。幾個比較要好的同學都去過了，所以自己也想去走走。接著下一站是美國，說到美國就是紐約了，在自己的心目中，東京是全日本最有看頭的地方，所以紐約大都會一定也很值得一遊。然後接著是悠閒的澳洲行，躺在黃金海岸的沙灘上，一整天望著海；另外也想順便造訪袋鼠跟無尾熊的自然保護區。那之後呢？非洲跟南美洲如何？感覺旅行的支出會很高，但玩過歐美後如果還有剩餘經費的話就去看看吧。

不對，等等，這個順序好像反了？自己現在才五十來歲而已。非洲跟南美洲應該要趁還有體力的時候去才對。這麼說來的話，加拉巴哥群島之類的好像也不錯。像美國跟德國這樣的先進國家，上了年紀去也不成問題。畢竟那裡的飯店衛生環境好又有冷氣，餐點應該也吃得慣。

然後……雖然說路上該省著點花，但還是想買新衣服。應該穿怎麼樣的衣服去旅行才好？要在香榭麗舍大道上的咖啡廳裡喝咖啡的話，還是得穿得時尚點才行。但自己也有年紀了……太花俏也不合適……對了，優雅的裝扮，比方說米色的兩件式上衣搭配黑褲子怎麼樣呢？

另外還想買帽子跟鞋子，包包也想換新的。不對，包包應該要在法國跟義大利買才對。沒錯，就這麼辦。去程用的包包只要又輕又耐用，怎麼樣的都好。

順便也給桃佳買個錢包當伴手禮吧。沒看到她哭喪著臉回家賴著，就表示生活還過得下去，不過應該也是過得很辛苦，因為她上次回來時……那天天氣很冷，應該是二月左右吧……自己在玄關迎接桃佳時，看她差一點就要哭出來了。桃佳身穿的衣服、褲子還有鞋子全是以前看過的舊東西。就連便宜貨都愛惜著用這一點雖然值得嘉獎，但，她會不會是連一件新衣服也買不起？雖然自己在心裡頭這麼想，但對已經獨立的女兒問這樣的問題總覺得不太好，不對，感覺會變成溺愛她，所以最後什麼都沒有問。桃佳肯定過了三十歲也不會去用名牌錢包。自己的話就算了，總之先幫桃佳買點什麼東西吧。

「小靜你打算什麼時候出發？」
婆婆的聲音把她拉回了現實。
「我打算十一月底辭掉工作，十二月左右去。」
東洋子不禁懷疑自己的耳朵。
「不會吧，老公，那不就是今年？」
他們夫妻倆去環遊世界的期間，誰來照顧婆婆？難不成要讓大姑跟小姑她們來照顧？丈夫已經跟她們說好了嗎？不對，那是不可能的。長期以來她們就連一天也不肯接手幫忙，也因為這樣自己一直到現在都沒辦法去牙科看蛀牙。
「今天的大學聚會上我跟藤田兩個人一拍即合。」
「藤田是誰？」
「就是那個登山社社長藤田呀。」
「你說的一拍即合……」
東洋子吃驚地看著丈夫的側臉。
「小靜你說環遊世界是要跟藤田兩個人一起去嗎？」
怎麼會有這麼扯的事……。

「嗯嗯，沒錯。」

他在說什麼，簡直是讓人無法置信。

「小靜，你打算去多久？」

「去多久還沒決定，上路後再看著辦比較好玩，不過一開始我應該三個月後就會先回國一趟，我還是擔心媽您。」

「你們要登山嗎？小靜你們可要注意安全啊。」

「您放心，目前我們沒有登高山的計劃，最主要的目的是在全世界走走，就算要登山的話，我想頂多也只會去走健行步道。」

天啊，真是太扯了。

真的是打從心底厭惡這樣的人生。

丈夫的溫柔也不過是嘴上說說而已，長期以來自己內心有好幾次都這麼想。但是，又不想把自己的另一半想成是這樣的人。丈夫是因為工作累，所以無法幫忙做家事跟照顧婆婆，總是這樣幫他找臺階下的自己，到底是有多爛好人呀。

「小靜你就放心去吧，長久以來你一直在辛苦工作，去環遊世界一趟也是應該的。」

「謝謝您，但是我去了您會不會寂寞？」

「當然寂寞呀，不過小靜的幸福就是我的幸福，做媽的都是這樣想的。我的事不用操心，有東洋子在。」

「太好了，我就知道您一定能諒解的。」

兩人看似就要握住手般地對望著。

「不過東洋子應該沒意見吧？」

婆婆這麼說著往自己的方向看，看似擔心的表情很假。

「東洋子妳不贊成嗎？」

沒有什麼贊不贊成的，丈夫跟婆婆既然兩個人說好了，做太太的也沒有插嘴的餘地。

「我當然贊成呀。」

不小心很酸地回了話。

「真的嗎？」

丈夫看似相當開心，眼神都亮了起來。

心裡有一把熊熊的怒火在燃燒。

「誰叫我還有十五年好活。」

東洋子想要擺出若無其事的笑臉，但是臉部的肌肉卻是抽動著的。

「謝謝妳，我沒想到妳會那麼爽快地說好。那我馬上跟藤田說，他知道了一定很開心。」

這個人為什麼滿腦子就只會想到自己呢？

東洋子打從心底蔑視自己的丈夫。

一週後的某天，婆婆對她這麼說。

「我也有年紀了，哪一天說不定就癡呆了；考慮到這一點，我想趁現在頭腦還清楚的時候把財產給分了。可不可以幫我問小靜跟妳大姑小姑她們方便的時間？」

當天晚上，東洋子就打了電話給丈夫的姐姐明美。明美他們家的兩個小孩都已經獨立生活，現在家裡只剩她跟先生兩個人。

「喂，我是東洋子，好久不見了。」

——唉呀，真是稀奇，東洋子會打電話來是有什麼貴事呢？該不會是媽怎麼了吧？

「這您不用擔心，媽身體硬朗的很。」

——一直找不到時間登門問候真是抱歉呀，不過我這裡實在忙不過來，現在不是不景氣嗎，乾洗店沒什麼利潤，都沒辦法休息。

「所以您很忙囉？」

——媽是不是叫我去露個臉？我還真是羨慕她呢，每天就躺著什麼事都不用做，我們可是每天都在窮忙。

「媽她說想分財產。」

——分財產？真的假的？如果是要分財產的話隨時奉陪，明天也行。

「真的嗎？乾洗店有辦法請假嗎？」

——我也不過是在那裡兼職而已，就隨便說感冒什麼的矇混過去就好了。

東洋子傻眼到說不出話來，她先前不是說乾洗店請不了假，就連一天都無法幫忙接手看護的嗎？

掛上電話後，東洋子大大地嘆了一口氣，接著重振精神打給丈夫的妹妹清惠。

電話響了好久都沒有人來接，不曉得是不在家，還是去洗澡了？

正當東洋子準備掛掉電話時，話筒另一端傳來一聲微弱而無精打采的「喂」。

「呃，請問是蓮田家嗎？」

話筒的另一端默不作聲，是我撥錯電話了嗎？

就在那個當下，電話的另一端傳來了男子的怒吼聲。

——妳少在那邊胡說八道，妳說我怎麼樣來著。

以男性的聲音來說，算是有點尖銳又沙啞的嗓音，肯定是清惠的先生。

「喂，我是東洋子。」

「啊……妳好，真是稀奇呢。」

「現在方便說話嗎？」

「可以呀，我老公只是喝醉了在那裡發酒瘋而已。怎麼了？是要談媽的事嗎？」

清惠的聲音聽起來很煩躁，於是東洋子簡單扼要地向她傳達。

「妳說真的？分財產？」

清惠的聲音突然聽起來變得很有精神，可能是手頭上缺錢吧。

「想請教清惠方便的時間。」

「我隨時都可以呀。」

「隨時都可以……但是妳那邊不是有公公要照顧嗎？」

「這個不用擔心，他現在進了有全天候看護的老人安養中心。」

這可是跟自己聽說的不一樣。

——欸，妳說什麼財產？我們拿得到多少？

她先生這次的說話聲非常清楚。

「欸，東洋子，妳說我拿得到多少？」

「這我不清楚。」

「什麼，這樣啊。好吧，那我就當天拭目以待吧。」

清惠感覺很開心地掛掉了電話。

今天是明美跟清惠上門的日子。

東洋子受婆婆之託，才剛從山椒屋買了兩條壽司卷回來。婆婆想拿來當伴手禮，讓明美跟清惠各帶一條回去，但是她看起來沒有要給她錢的意思，所以這次只好自掏腰包。雖然有事先打電話預約才過去，但還是在店內等了五分鐘左右。

因為這些事，東洋子打從一早就很不耐煩。

回到家後馬上開始著手打掃婆婆的房間。拉開拉門後，可以見到雜草正隨風搖曳著。

「東洋子，把廚房的椅子搬進來。」

這個房間裡頭只有一張椅子，就是公公留下來、丈夫專用的那張椅子而已。

「坐墊不行嗎？」

隔壁房間的壁櫥裡塞了好幾張客人用的坐墊。

「不行啦，我在床上這樣很難講話。」

婆婆看起來一臉心情很好的樣子。很久沒見她像這樣沒來由地臉上漾著笑意的安穩表情。

「您這樣說也是。」

坐在坐墊上的話，跟婆婆之間的高低差確實會有點大。但是餐桌的椅子相當重，想叫先生幫忙搬，但他又還在二樓睡覺，正樹也不可能會幫忙。雖說這個家中有男丁，但是搬重物跟社區內堪稱體力活的掃水溝工作全都是自己一個人來的。

因為走廊很窄，為了搬椅子可是費了她好一番工夫，還不小心撞傷了好幾處走廊上的牆壁。就搬明美跟清惠的椅子就好，自己的話坐地上無所謂。東洋子有預感自己要是逞強再多搬一張椅子的話肯定會扭到腰。不過話雖這麼說，直接坐在木地板上腳又會痛，感覺應該會聊一陣子，還是把自己用的坐墊給先拿進去吧。

「東洋子，那張坐墊是怎麼回事？」

「沒關係，我坐坐墊就好了。」

「東洋子妳不用在場沒關係。」

「什麼？您說不用在場沒關係？」

「因為繼承遺產是家人之間的事。」

東洋子突然感到一陣心寒。

看來自己跟他們似乎不是一家人。

「把那張坐墊收起來，妳只要一開始端茶進來就好了，之後就沒妳的事了。」

婆婆一臉若無其事地這麼說，轉過臉去望向窗外。

怎麼會……。

自己好像除了傭人跟看護工以外什麼都不是。

東洋子感覺自己就要哭出來了，於是拿了坐墊後就快步步出房間，飛也似地直奔向廚房。

「怎麼了，在那裡發呆。」

剛起床的丈夫走進了廚房。

東洋子自己也沒發現到，從剛剛開始自己似乎一直盯著反射在冰箱上的光線看，明明就有一堆事還等著她去準備。

「剛剛媽對我說了這些話。」

東洋子忍不住將剛剛的對話說給丈夫聽。

雖然對於自我中心的丈夫非常憤怒，但東洋子還是忍不住把自己的內心話都向他說了出來。明明心裡頭好幾次想著這種丈夫一句話也不想再跟他說，但是，在自己變得無法隨心所欲外出後，不，是連打電話談心的朋友也一個都不剩之後，除了丈夫就別無說話對象了。

「媽她也沒惡意，妳就別跟她計較嘛。這個家是爸跟媽兩人一手建造的，他們倆都是戰爭孤兒，聽說小時候吃了很多苦喔。」

公公和婆婆兩人從小有好長一段時間過得非常刻苦，這個話題自己聽過已經不曉得幾遍了。

「老爸雖然連小學都沒畢業，但從年輕時就開始從底層做起，一路爬到總公司部長的位置，很了不起的。然後媽也是盡了她的本分，從早到晚一整天在可樂餅店工作，一邊拉拔我們三個小孩。她背著還小的清惠一面炸著可樂餅的身影我到現在都還記得一清二楚。」

「這些我都知道，可是……」

「老爸跟老媽掙來的財產可以說是血淚的結晶，考慮到這點，會覺得跟媳婦無關也是常情嘛。妳不準備來得及嗎？」

先生這麼說著，環視了桌子。

桌上擺著茶具跟羊羹。

「午餐怎麼辦？」

「她們兩點才會到，所以午餐不用擔心，只要準備茶就好了。」

「這樣呀，所以她們是吃飽後才過來囉？」

當男人的可真是輕鬆。需不需要準備午餐這一點，對於家庭主婦來說負擔可是差很多的。

在東洋子住進這個家後，每逢大姑小姑們回娘家時，她總是會親自下廚。但不曉得她們是不是覺得稱讚長男媳婦做的料理會吃虧，每次都吃得一臉不開心的樣子。東洋子受不了這點，爾後她們回來時，總是叫外送的壽司，只有湯會自己煮。

「不過再怎麼說，只有羊羹不太好看。」

「我還買了仙貝，家裡也有哈密瓜。」

「我記得姐她好像喜歡車站前『長號』那家店的蛋糕捲。」

那又怎樣？

東洋子忍下了這句差點要脫口而出的話。

「我現在去買，快去快回。」

東洋子吃驚地看著丈夫，一點家事都不願意幫忙的人，對媽媽跟姐妹們就那麼周到。

自從兩人結婚以來，有種感覺始終卡在自己的心頭上，而今她總算察覺到那是一種被排除在外的距離感。

東洋子在丈夫出門去蛋糕店後，拿出了三個客人用的咖啡杯。因為婆婆是不喝咖啡的，所以她只準備了丈夫跟小姑三人份的杯子。為了以防萬一還是先用水沖一下好了，因為清惠愛乾淨到有潔癖的感覺。不過那也只是聽她本人說的，因為沒有實際去清惠家看過，所以也不曉得她說的是真的還假的。

婆婆跟先生的中餐依婆婆的要求煮了烏龍麵。東洋子在泡過香菇的水裡加入了高湯，然後在麵上放上海帶芽、魚板、青蔥跟炸雞塊。寶田家的有項不成文的規定，就是烏龍麵裡一定會放炸雞塊。所以，就算只是煮個烏龍麵，還是得特地把炸天婦羅用的鍋子拿出來。

如果是自己一個人吃的話，只要有蛋跟蔥就夠了……。

沒一會兒先生就回來了。

東洋子看了一眼裝蛋糕的盒子，裡頭共有六塊蛋糕。

「我也順便幫正樹買了一塊，這塊蒙布朗蛋糕是給東洋子的。」

「唉呀，謝謝你。」

丈夫記得自己喜歡的蛋糕，就是因為有這些小地方的用心，才讓東洋子對他睜一隻眼閉一隻眼到現在。不過在聽聞他要提前退休去環遊世界這件事後，這點事可是一點都無法打動她。

「東洋子！」

「老媽在叫妳了。」

丈夫說得一副理所當然的樣子，在他心中看護這件事毫無疑問地是做妻子的責任。

東洋子跑向裡頭的房間。

「怎麼了嗎？」

「我想換衣服，幫我把衣服拿出來。我今天要穿那件淡紫色的上衣。」

婆婆只打算換上半身的衣服，她把頭髮梳到後面紮成一個髻，臉上微微上了腮紅，看起來漂亮很多。

「媽您看起來很漂亮喔。」

「妳真是的，那麼誇張。」

雖然婆婆嘴上否定她的讚美，不過嘴角可是很誠實地泛著笑意。

不曉得是不是從早忙到現在的關係，吃完飯後東洋子已經覺得很累了。

偶爾也想午睡一下……。

正當她出神地坐在椅子上時，丈夫不曉得像是想到了什麼一樣，難得地開始動手洗碗。

「你也很懂得察言觀色嘛。」

就在她朝著正在洗碗的丈夫背影這麼說時。

「午安。」

玄關處傳來了招呼聲，不按門鈴就擅自進來的肯定是大姐明美。丈夫從蛋糕店回來後可能是刻意沒有將門鎖上。

「來得真早呢。」

距離約好的時間還有四十分鐘。

此時，玄關處傳來了熱鬧的說話聲。

「大姐是跟清惠一起來了嗎？」

因為丈夫在洗碗，所以東洋子一個人往玄關走去。

「麻煩妳們特地跑一趟……」

東洋子話還沒說完就吃驚地說不下去了。

眼前有明美跟清惠的先生，總共是四個人。

「打擾了——。」

清惠每次都這樣拉長了聲音說話，像是要矇混過去一樣，她隨即脫掉了鞋子往廚房走去。可能想到這裡是自己長大的地方，所以她可是一點顧慮都沒有。但正確來說，應該是她無意去同理沒有血緣關係的嫂嫂是怎麼想的。

「哇，哥你在洗碗喔？還真的跟姐說的一模一樣耶。」

「我說了什麼？」

「妳忘了喔？妳不是說提前到就能看到最真實的狀態？」

「妳在胡說什麼呀，我那樣說不過是在陳述一般情況，可沒別的意思……」

明美急急忙忙地補充，還看了一下東洋子的臉色。

「看來哥還真的是被東洋子給吃得死死的呢。」

清惠一臉開心地笑著說。

「大哥您可別讓清惠看見這種場面呀，回家後我可是會被她罵，叫我要好好向您看齊呢，所以真的饒了我吧。」

丈夫不發一語，只是一直笑。他這次幫忙洗碗可是睽違了好幾年，說實話，東洋子真心希望他開誠布公地說自己平時是從來不幫忙做家事的。

「我先去媽的房間了。」

明美熟門熟路地穿過走廊往裡頭走。

「等等呀，姐，妳這樣太狡猾了。」

清惠追上去後，兩人的丈夫也隨即跟在後頭往裡面走。

東洋子沒想到就連她們兩人的丈夫也會一起上門，婆婆的房間裡只搬了兩張椅子進去，那就讓他們坐坐墊吧。東洋子這麼想著，從隔壁房間拿了三張坐墊進去。仔細一看，在婆婆的枕邊處分別是明美、清惠跟清惠的老公依序坐在椅子上，明美的老公則是無處可坐，站著直盯著院子看。

東洋子返回廚房去端放在托盤上的茶具，丈夫手拿著茶壺跟在自己的後面。

「小靜是長男，過來坐在這張椅子上，這張椅子可是爸爸留下來的遺物。明美跟清惠妳們按順序坐到旁邊的椅子上。至於配偶，抱歉你們能不能坐到坐墊上？」

原本坐在椅子上的清惠的先生急忙從椅子上起了身。

她們的先生也跟著來了或許反而是件好事，多虧有他們在場，做媳婦的自己也能理所當然地坐下來。

「我倒是沒說要連女婿們都一起叫來。」

婆婆這麼說，瞪了東洋子一眼。

「我又沒有叫他們……」

東洋子沒有刻意把女婿不需要在場這樣的話說出口。

「真是不好意思，我是擅自跟過來的。清惠太老實了我有點擔心。有我跟在她身邊，要是有什麼事也可以比較放心。」

「你這話是什麼意思？聽起來好像是我會花言巧語，連妹妹的份也騙走不成？」

「姐，您怎麼這樣說話呢？您誤會了。大哥他們夫妻倆是高知識份子，這一點讓我有些放不下心。」

看來在這場財產爭奪戰當中，要提防的人物不是做姐姐的明美，而是東洋子他們這對夫婦。

東洋子看了婆婆一眼，她皺著眉頭明顯表現出不開心。婆婆從以前就不喜歡這幾個女婿。她看不順眼的不只有身為長男媳婦的東洋子，就這點來看還算滿公平的。

明美跟清惠都是戀愛結婚，但無論是學歷、工作、家庭環境或是經濟能力，這兩個女婿都不是婆婆所期盼的對象，所以聽說當初婆婆是不同意她們結婚的。

明美打開了方布巾，將點心遞給了婆婆。

「這是媽媽愛吃的，八千代屋的金鍔[2]。」

東洋子驚訝地看著明美。

過去明美上門一次都不曾送過點心。

「唉呀，真開心。這家店真的很好吃，明美真是善解人意，謝謝妳。」

「不客氣。話說回來，媽妳不用留財產給我們啦，妳看妳自己想買什麼就花掉沒關係。」

「對呀，姐說得對，都是因為那條莫名其妙的法案害得媽只剩下兩年好活，您就痛快地奢侈一下，想吃的就吃，有喜歡的和服就儘量買。」

「妳們幾個孩子跟以前一樣都不貪心呢，我的話就算了，事到如今我也沒法穿著訂作的和服去參加茶會，財產也不會因為老人家吃了點自己愛吃的東西就花光光。」

「您這樣說也對，一天也不可能吃個十餐嘛。」

兩姐妹對望後神情愉悅地笑了開來。

「那我現在來針對分財產的事跟你們說明。」

婆婆這麼說完後，房間陷入一片寂靜。婆婆打開了記事本，掛上老花眼鏡不發一語，表情顯得相當認真。她那表情要是沒那麼緊張的話，看起來甚至有種志得意滿的感覺。

「這個家我想留給小靜。」

「這我沒意見，畢竟哥哥嫂嫂現在就住在這裡，沒有得住的話也很困擾。」清惠這麼說。

「我也贊成。」

婆婆瞪了一眼緊接著出聲的清惠的先生。他似乎沒搞清楚狀況，看不出來婆婆不希望女婿跟媳婦插話。難不成他連到現在都還沒察覺到婆婆不喜歡他嗎？

「一千萬留給明美，兩千萬給清惠。」

「什麼，這是怎麼回事？為什麼我的份只有清惠的一半？」

明美忍不住從椅子上起身。

「明美，妳買房子那時我不是出了一千萬幫妳繳頭期款嗎？」

「話是……這麼說沒錯，但那不是將近三十年以前的事了嗎？」

「我聽人家說要正本清源、公平分配才對喔。」清惠的先生再度插話。

「可是三十年前的一千萬跟現在的一千萬不是差很多嗎？」聽見清惠不滿地這麼說，清惠的先生抱著胸，表情益發嚴肅。

「如果把這個家給賣了的話可以賣多少？」

明美的先生打斷對話，看得出來他拚了命想轉移話題。

「這個房子是專門發包蓋起來的，又很堅固，感覺還可以住很久。不過畢竟屋齡也有四十二年了，想賣也沒多少錢。但土地的話應該值不少錢。」說話的又是清惠的先生。

「沒錯，距離車站走路只要五分鐘，面積還有二十九坪。在我老家山形那裡二十九坪的房子雖然不過是間小房子，但是這裡靠近東京市中心，在豪宅中算是寬的了，我想沒有五千萬是買不起的喔。」

「說豪宅有些誇張了，不過我覺得價格不只五千萬。」

「六千萬呢？」

「差不多是那上下。」

兩位女婿持續一來一往。

東洋子對於他們精確地掌握了這間房子的屋齡跟坪數這一點感到相當吃驚。大概從她打電話聯繫要分財產之後，他們就老謀深算地擬定了各種對策吧。

婆婆面色沉重地不發一語。

而丈夫則是一臉興致缺缺，猛吃著明美帶來的金鍔。

「這個房子值六千萬嗎？這樣的話怎麼看都不公平嘛。」

明美一這麼說，清惠也接著說：「對呀，不公平。」

「這跟土地值多少錢根本就沒關係嘛。」

丈夫低聲嘟噥著。

「哥你這話怎麼說？」

清惠擺出露骨的不滿神情。

「因為我們現在就住在裡頭，根本就沒有要賣掉的意思，計算它的市價根本就毫無意義嘛。如果這樣的話清惠妳拿妳繼承的兩千萬來跟我換這個家也行。」

「真的嗎？」清惠夫婦倆異口同聲說道。

東洋子大吃一驚，跪坐在坐墊上望著丈夫。

你到底在胡說八道些什麼？

為什麼要為區區的兩千萬把這個家拱手讓人？

這樣一來我們全家不就都要流浪街頭了？

仔細一看，婆婆也吃驚地瞪大了眼睛盯著丈夫看。

「這不公平，為什麼是跟清惠換，這個家對我來說也很重要，充滿了回憶。」

「那姐妳把繼承的一千萬跟我交換的話我無所謂。」

「靜夫你說的是真的嗎？」

明美一臉開心地這麼問，由上而下俯視她坐在坐墊上的先生，兩人相視而笑。

「不過有個交換條件是你們必須接手照顧媽。」

這是怎麼回事？

難不成丈夫知道自己很辛苦？

難道他為了讓妻子從看護工作中獲釋，失去這個家也在所不惜？

難不成他其實是個善體人意又有度量的男人？

「呃，這個嘛……」

明美語塞了。

婆婆表情認真地看著明美。

「要忍兩年啊……」

明美的先生這樣嘟噥後，婆婆頓時將視線從明美臉上別開，轉而盯著自己的手。

什麼叫做忍……。

他們竟然好意思在婆婆本人面前說這樣的話，這對夫妻實在是失禮到極點。明美的目光飄浮不定，就連旁人都能明顯看出她正拿不定主意。

婆婆說了要給明美一千萬，如果這個家真的值六千萬的話，差額有五千萬。想必明美的腦袋裡現在有個天秤吧，天秤一邊是兩年的看護，另一邊則是五千萬的鈔票。究竟該如何抉擇才好？雖然東洋子認識明美夫婦跟清惠夫婦已經很久了，跟他們也不曾談論過什麼比較深的話題，仔細想想並不是很清楚他們的人品。

婆婆直盯著窗外看。

「我當然也想跟媽再多相處一段時間，只不過……」

「明美也已經六十二歲了，根據那條法案她也只剩八年可活。」

明美的先生即時伸出了援手。

「想到剩下不過八年可活，我也想要盡情享受人生……媽，對不起呀。」

房內陷入寂靜。婆婆沒有回話。

——沒關係啦，我能體會明美妳的心情。

婆婆很寵愛自己的女兒，所以東洋子以為她肯定會這樣說，沒想到婆婆卻不發一語，緊握著茶杯。

「那清惠妳呢？」丈夫將矛頭轉向了清惠。

「清惠當然也老掛心著媽呀。」

清惠的先生一臉嚴肅地繼續接著說下去。「只不過呀，我家老爸也是躺在床上要人照顧。清惠，要不我們就放棄這個房子，繼承現金就好了吧。」

「嗯，就這麼辦吧，這個房子讓給姐。」

「現在才說什麼要把房子讓給我，這樣我也沒辦法呀。啊，你們可別誤會喔，我可是很擔心媽，有陣子每天都在想著媽的事。」

這兩個人未免也太冷漠了，明明就是親生女兒……。

更別提這兩個女婿的短視近利。
東洋子的指尖因憤怒而顫動著。
所謂的家人到底算什麼？
「房子還是該讓長子來繼承，這樣媽也比較開心。」
明美的先生一邊諂笑一邊這樣說。
「那遺產什麼時候匯到戶頭來？」
清惠這麼問道。「為了預防萬一，我把銀行存摺也帶來了。」
「我也帶來了。」明美這麼說。
「如果下個月初左右可以匯進來的話，就太感激不盡了。」清惠說道。
清惠的先生緊張地看著婆婆的嘴，這一幕映入了東洋子的眼簾。
「妳們在胡說八道什麼，要匯當然也是兩年後的事。」
婆婆果斷地這麼說。
「什麼，兩年後？」
明美破音了。
六十二歲的明美餘生只剩八年，會想盡情享樂人生也是人之常情。但是因為手頭並不寬裕，辭不掉乾洗店的兼職工作。但是，媽媽的一千萬如果是生前贈與的話，人生馬上就會變成彩色。

——馬上辭掉兼職工作出去旅行吧。在路上邊走邊吃，想要的衣服全都買下來。

大姐是怎麼想的她摸得一清二楚。

「遺產我要等到七十歲死亡法生效前不久再分給妳們。」

婆婆若無其事地這麼說。

婆婆大費周章地把女兒們都叫到家裡來，想必一開始的打算不是這樣的。她應該是打算隔天就把錢都匯給她們，因為她讓做媳婦的打電話問女兒們方便的時間時，看起來心情相當好。把財產平分讓做女兒的開心，對於為人父母而言，這肯定是最愉悅、最有成就感的一瞬間。

「什麼，要等到那麼久以後？」清惠不高興地說。

「媽您這樣說不過去，先是讓我們抱那麼大的期待。」清惠的先生開口抗議。

「難不成清惠你們在煩錢的事？」

婆婆說這話時看的不是清惠，而是清惠的先生。

「沒這回事。媽，我們家是不會需要煩錢的事的。我很認真在工作，不會讓清惠去煩心錢的事。」

因為當初兩人結婚不被看好，現在打死他都不會把沒有錢這種話說出口。

明美看起來則是一副洩了氣的樣子。

「那我就不客氣照兒女們的話做了，我從明天開始就盡情吃喝，想買什麼就買，盡情享受。不過這樣的話財產會一口氣少很多，要真變成這樣的話可別怨我啊。」

婆婆的表情相當冷酷。女兒們想要這間房子卻又不願照顧母親，婆婆對於她們這樣的態度想必感到無法信任吧。雖然她的側臉看來相當嚴厲，但實際上內心是相當寂寞又悲傷的吧。東洋子想到這就覺得很不忍。

「把這間房子留給小靜其實就等於是留給做孫子的正樹，小靜也一樣因為七十歲死亡法來日不長了。」

對於婆婆來說正樹是絕無僅有的孫子，從他還是小嬰兒的時候開始就疼他疼得不得了；但是這樣的正樹某天卻突然丟了飯碗，婆婆肯定擔心得不得了吧。

「您這樣子放縱年輕人對嗎？這樣不是只是在助長繭居的風氣？我聽人家說想靠父母財產的人將來都不會有什麼好下場的。」清惠的先生又開口說道。

「你這話說得對。」

婆婆說完這句話後正對著清惠的先生瞧。「那麼清惠就退出遺產繼承好了。」

「什麼，媽您真愛開玩笑。」

清惠先生尖銳的笑聲迴盪於房裡。

*

要是有人肯雇用我的話，我肯定會拼死工作的呀……。

寶田正樹盯著證券公司寄來的電子郵件看。

——經過敝公司的審慎評估，在此相當遺憾地通知您未能獲得採用。敬祝您身體健康，鴻圖大展。

「又是敬祝信啊，我根本就不需要你們的敬祝。」

聽說七十歲死亡法通過後，五十歲以上的上班族陸陸續續提早退休，也因此勞力似乎正短缺。但即使如此，年輕人的就業困難卻遲遲無法獲得改善，因為資方不願招聘正式員工，他們在嚐過雇用派遣員工的甜頭後，似乎就很難回頭了。資方今後打的算盤肯定是以調整景氣為理由，隨心所欲雇用彷彿免洗筷、用過就丟的自由派遣員工。

真正能踏上邁向正式員工道路的，只有少之又少的優秀人才。而且，判斷優秀與否的標準已經不是學歷了。

就業的難度與年俱增，在不知不覺間競爭對象已不再僅限於日本人了。以中國為首，韓國、印度、新加坡、臺灣、巴西……這些國家的外國人會說英文跟日文，再加上母語的話至少會說三國語言。而且他們跟日本學生不一樣，進了大學後還是勤於課業，專業領域也沒話說。

正樹一邊嘆氣，一邊盯著被退回來的履歷表上的照片看。

看起來好瘦……。

不過這也是理所當然，這張照片是辭去大東亞銀行的工作後拍的。現在已經不比當時，下顎的線條沒有那麼明顯了，可能再重拍一張會比較好。

自己這三年來完全沒有做任何有建設性的事，要說有什麼變化，那就是變胖這件事而已。

正樹坐到電腦前，無意識地點開了澤田的部落格。

——順利找到新工作了！

「什麼！」

正樹有預感自己繼續往下讀的話情緒會更低落，但卻還是很好奇。

——各位聽了可別嚇到，新公司就是那家超有名的家電量販店M電機！而且還是正式員工！上帝果然沒有棄我於不顧！

「我才一點都不羨慕呢。」

以前帝都大的同學沒有一個人是在賣場當銷售員的，即使是儲備店長也罷，基本上沒有人在家電量販店工作的。所以我一點也不……羨慕。

——今天的啤酒特別好喝，M電機是目前業績蒸蒸日上的知名上市上櫃公司，因為要在池袋展新店，所以才會大量錄取正式員工。這是我有生以來第一次覺得自己走運。我的筆試成績似乎不錯，進公司後馬上就擔任主任！而且還是站電視賣場。天啊，總算找到一份可以獲得成就感的工作了。加油！好好努力一番吧！我會讓業績超越其他分店的。

澤田看起來幹勁十足呢。

早知道就不要讀下去了。

量販店也好、銷售員也好，跟待在家裡啃老的我相比起來，澤田好太多了。

我是不是也不要挑三揀四的，不管哪裡都好，趕快找個地方開始工作比較好？

畢竟有在工作這件事本身就很了不起了，再說職業是不分貴賤的。

「欸欸。」

你是小學生嗎？

正樹忍不住吐槽自己。

找工作可不是那麼單純的一件事，這跟還能工作所以找哪間公司都好可是一點關係都沒有。自己不能辜負父母的期待，職場決定了一輩子的薪資，差距可是會有好幾倍的。

帝都大放榜那一天，媽媽高興到哭了。正樹還是第一次看到這樣的媽媽，平日沉默寡言的父親也情不自禁地高喊萬歲。所以……我不能找名不見經傳的小公司。

正樹嘆著氣打開了電視，總理大臣出現在畫面上。

——日本是這次高峰會的主辦國，總理將會場選在京都嵐山，穿著褲裝和服的他姿態威嚴地迎接國外的大人物——

「真是帥氣啊。」

雖然總理大臣馬飼野禮人從小在美國長大，但不曉得是不是因此造成一種反效果，他反而對日本傳統的東西情有獨鍾。

他正和美國總統與德國首相互相開著玩笑。自從他當上總理大臣後，日本國民才首度察覺到無須透過口譯就能溝通傳達的重要性。

相較之下，自己英文說得破破爛爛的，第二外語德文也幾乎全忘光光了。

總理出生於熊本，成長於美國，畢業於哈佛大學，相貌端正而且體態勻稱。雖然他才四十五歲，還算非常年輕，但眉間深深的皺紋讓人看得出來從小吃過不少苦。有時瀏海散落下來的樣子更迷倒了一大票女性。

長期以來他持續推動改革，比方說禁止人事空降、改革公務員的升遷制度，使得公務員得以工作至屆退休年齡為止。此外，他還砍掉了沒有存在必要的獨立行政機關，獲得了國民的激賞。大家還以他的姓「馬飼野」為靈感，將「鶴的一聲[3]」這個說法改成「馬的一聲」，對於他的功績是讚不絕口。歷任總理大臣只會將政見說得天花亂墜，但他卻都信守承諾，將政見逐一實現。

「你真是太了不起了。」

不管是總理或是澤田，他們都很了不起。

相較之下我呢？

正樹的情緒益發低落了。來看預錄的電視節目來提振精神好了，話說回來我還沒看這週的《日本的面容》呢。察覺到這一點後正樹稍微振作了一點。說來丟人，自己現在唯一的樂趣就是看有趣的電視節目。

《日本的面容》這個節目會依序邀請國會議員上節目擔任來賓，而節目的企劃構成正是由總理所發想的，聽說議員們還無法婉拒上這個節目。因為總理認為無論一個人怎麼掩飾，只要上了電視，他的人格跟教養就能看得一清二楚。以前都是由一群固定班底會在節目上發表意見，所以其餘的議員有怎麼樣的願景、人品又是如何，觀眾們都無從得知。但是現在這個節目讓國民們有機會看見每一位議員的真實面貌。

從本週的來賓名單看來，想必又會是一番唇槍舌戰。

——議員，您該不會連這一點基本常識都沒有吧？

打從節目一開始就火力全開，擔任節目主持人的鷹狩主播一看就是個壞心眼的男人。

他今天也是一如往常絲毫不手下留情，就連坐在電視機前的自己也看得冷汗直流。

今天鷹狩主播在節目上對既提不出政策也沒有願景的議員徹底開砲。拜這個節目所賜，別說是政策了，就連想要解決什麼問題都搞不清楚的議員接二連三地被揪了出來。這幾個人因為完全沒有法律與經濟方面的知識，完全被看穿就是個草包。

執政黨的議員還好一些，他們因為必須分攤黨內的工作，所以至少對於時下的問題還有一定程度的了解。不過在野黨就不一樣了，如果在野黨議員沒有選定想要解決的議題並且加以鑽研的話，就會被發現其實平時根本就閒得不得了，忙都忙在參加選區的大小婚喪喜慶跟幫忙安排地方就業。

——你這樣子也好意思領議員的薪水？你不覺得羞恥嗎？

「這句話出現了！」

只要有哪個議員被鷹狩這樣指責的話，下次的選舉肯定落選。

這個節目被稱做是電視界的奇蹟，收視率之佳所向披靡。同時《日本的面容》更凝聚了國民的共識。

——縮減議員人數是勢在必得。

總理成功利用了電視，順利激發輿論來支持縮減議員人數。在過去眾議院的議員數有四百八十人，參議院則有兩百四十二人，結果參議院完全被廢除變成一院制，目前只剩下眾議院，此外議員人數上限規定只能有兩百人。而且，議員的薪水更是被砍到只剩以前的三分之一。

總理透過實踐這些政策，逐漸恢復了民眾對於政治的信心。

除此之外，其他成為話題焦點的政策還包括了中斷水壩的建設工程，或是廢除國內的小機場。總理的做法是不受歷史牽絆，單純就是否有存在必要來進行判斷。他的支持率從不曾掉到八成以下。

五年前馬飼野就任總理一職以來，逐一砍掉了不必要的經費支出，但即使如此，國家財政還是走到了窮途末路，也因此七十歲死亡法這樣超乎常識的法案才能產生說服力。但是，也有謠言流傳馬飼野的雙親其實已經拿到了美國國籍。

＊

沒想到孤獨原來是一件那麼痛苦的事……。

自己就好像身處無人島一樣。

吃過午飯的寶田菊乃躺在看護用的床上盯著天花板看。

自從那條法案通過以來，整個人就變得相當提不起勁。反正遲早都要死的，做再多復健也於事無補。

在電視節目上反覆聽到的是，最可憐的莫過於現在六十八歲的人了。他們跟八十四歲的自己一樣，兩年後就非死不可。相較之下，自己已經活得很足夠了。

但是，真正可憐的其實還是在戰爭中喪命的人。現在之所以沒有人去觸及這個話題，想必是因為現在在工作的年輕人完全不會去思考戰爭的事吧。

父親跟母親兩人都是四十多歲就英年早逝，他們當時是被燒夷彈給炸死的。

然後三個哥哥則是命喪沙場。大哥當時二十一歲、二哥十九歲，最小的哥哥是十八歲。整個家中只有被疏散到外地避難的自己倖存了下來。自己跟三個哥哥年齡稍有距離，當時還只是小學生而已。

東京大空襲的消息雖然也傳到了當時避難的外地，但是腦海裡無法想像那會是怎麼樣的光景。在避難的外地迎接終戰的幾天後，自己從班導師的嘴裡聽說了父母跟哥哥們全都喪命的消息，但心裡頭始終無法相信，腦中只想著要馬上回去東京。

抵達上野車站後沒有父母前來迎接自己，當時無視於身邊跟爸媽相互擁抱、喜形於色的朋友，只能愣愣地望著眼前一整片荒蕪的焦土。看來自己真的別無選擇，只能接受親生兄弟都已經喪命的事實。畢竟，眼前這一片景色完全超乎了想像，有人能倖存下來反而才奇怪。

由於眼前的光景過於駭人，面對未來只有滿滿的不安，全身都無法動彈。爸爸、媽媽跟哥哥們全都走了，自己內心感到無限悲傷，彷彿就像是身體深處結凍了一樣。

後來自己被媽媽的表哥給收養，跟表舅、表舅媽還有他們家的四個小孩一起生活在狹小的簡陋木板屋裡。表舅媽當時還極力反對收留自己。

自己在那個家中以幫傭身分才好不容易挨了過來，當時不僅要幫忙照顧小孩還要洗衣做飯，還因為糧食不足常常沒有飯吃。

不過，在多年後聽了丈夫的說法，知道光是能再度重返東京其實就已經夠幸運了。

大自己兩歲的丈夫雖然也是戰爭孤兒，但是因為沒有親戚收養，所以就被送到當時避難外地的農家去當養子。當時雖然他還只是小學生，每天都跟家畜一樣做得半死不活，學校也沒得去，每天就睡在馬廄裡。此外，工作時只要手腳稍微慢了一點，就會遭到斥責跟拳腳相向，那些傷痕一直到晚年都沒有褪去。有天晚上，丈夫從那個家中逃了出來。他在沒有票偷搭車的狀況下抵達上野站，之後就生活在地下道中，撿人家的剩菜剩飯來吃、去黑市偷東西，不久後開始幫進駐軍人跟妓女擦鞋維生。他有好幾次差點被警察抓走，據說每次都逃跑回上野的地下道。丈夫連小學都沒有畢業。

在那個時代，光是要張羅每天的生活就足以讓人精疲力盡……。當時完全沒有想到可以活到這麼老，未來還有這麼和平富足的生活在等待著自己。

丈夫是個相當了不起的人，整個人就像是一塊努力的結晶。二十三歲時跟自己結婚，一邊拉保險一邊開始上中學夜間部，拼了老命用功唸書。當年他把裝橘子的紙箱拿來當書桌用、用功到半夜的背影自己到現在都還歷歷在目。他在高中夜間部拿到了全勤獎，畢業於大學夜間部則是他三十八歲的事。

這樣的丈夫也在十二年前七十四歲時，因為癌症而撒手人寰。

兩年後我也要到那個世界去了，丈夫正在黃泉之下等著自己。爸媽還有三個溫柔的哥哥可能早已等得不耐煩了。

再繼續活下去也沒什麼用了。

剩下兩年的壽命該怎麼過才好？

活著還有什麼意義？

雖然自己心裡是這樣想的，但是一旦真正面臨死期來臨又會感到極度不安。自己曾經在半夜驚醒好幾次，每次醒來後都有股非常強烈的不安感。說不定自己會就這樣死掉、就這樣從這個世界上消失，一想到這就覺害怕到想要吶喊。這種時候特別希望有個人跟自己一起睡在這個房間。不，不用睡在同個房間也沒關係。至少就讓東洋子睡在隔壁房，早上由她來叫醒自己也好。雖然自己心中是這麼想的，卻難以啟齒。

不過他們竟然還真能就這樣把一個老人家自己丟在一樓，老人家隨時都有可能身體有狀況，兒子和媳婦還有孫子全都睡在二樓……。

自從七十歲死亡法通過後，媳婦的神采就明顯出現了變化。或許她本人無意展露出這樣的變化，但她眼神中的光彩說明了一切，說明了她的滿心愉悅。

但是過了一陣子後，她又恢復了以前那種漫不經心的態度。自己完全搞不懂為何她會有這樣的變化。是因為小靜丟下她自己去旅行而感到沮喪嗎？還是……說不定就連兩年的看護她都嫌煩？

——真希望婆婆早點死。

自己對媳婦是怎麼想的瞭若指掌。不，別說是媳婦了，就連自己的親生女兒都是那樣的態度。只要遺產到手後，自己對她們來說似乎就沒有存在價值了。就算她們是被那些家教差的女婿給洗腦好了，怎麼想都覺得可悲。不，不光是女兒們，就連小靜也拋下自己這個來日不長的母親出國旅行去。

只不過……這的確也是理所當然。

自己別說能派上什麼用場了，只會一直給別人增麻煩。

反正遲早都要死的，就別安排在兩年後，明天就開始施行這項法案也無所謂。在法案施行前，每天翻著月曆計算著還剩多少來日是一件相當痛苦的事，感覺就像是被人用一條布慢慢勒死一樣。

唉……還是年輕時好。

而今自己才體會到忙著照顧小孩跟做家事那段時間是人生的精華期。現在身體一年比一年不聽使喚，一點好事都沒有。

面向窗戶的紙拉門好耀眼，今天應該也是好天氣。仔細想想自己已經好一陣子沒有好好曬太陽了。

真想在開闊的草原上吹吹風。

就在腦中突兀地浮現出這個想法的同時，走廊處傳來的腳步聲愈走愈近。

「媽，富美子阿姨來了。」

媳婦這麼說完後門被打了開來，身材矮小的富美子將她那張好似大福般的圓臉探了進來。

富美子是自己從小的玩伴，戰爭結束後自己被媽媽的表哥給收留，富美子一家就住在自己家附近，小學時還是同班同學。

「來，這是伴手禮。」

富美子遞上了自己最喜歡的柿子乾。寶田菊乃按下了按鈕，調高了床的傾斜度。

「富美子謝謝妳呀。東洋子，麻煩妳準備好喝的茶。」

「那我去泡玉露來喔。」

富美子坐到了床邊那張有年代的骨董椅上。

富美子一家都相當長壽，她媽媽就活到了一百歲。富美子的媽媽一直到逝世前都相當硬朗，在她斷氣之際，自己也大哭失聲。富美子她媽是過去唯一對自己這個戰爭孤兒好的人。在表舅家中，即使是碰上糧食配給日也沒能好好吃頓飯，富美子媽媽因為看不下去，常常會偷偷塞飯糰或是蒸地瓜給自己。

富美子不曉得是不是遺傳到媽媽，腰腿結實，相當健康。不過正也因為如此，她肯定會覺得只剩兩年可活很可惜。不過她面對人生還是相當積極進取，真是了不起。該怎麼做才能像她這麼堅強呢？或許就是這種時候才最能看出一個人的內在堅韌與否。但話說回來，人的內在又是什麼？

富美子是四月生的，所以會比自己先死。規定是生日過後的一個月內要進行安樂死，所以富美子只剩下一年九個月，自己是十月生的，所以還有兩年三個月。

「您慢坐。」

東洋子走出房間後，富美子臉上的笑容突然消失，轉為相當嚴肅的表情，彷彿像是要分享什麼祕密一樣將臉湊了過來。

「欸，阿菊，妳有聽說那個流言了嗎？」

「富美子妳也真是的，七十歲死亡法早就不是什麼流言了，它都已經通過了。」

「我說的不是這個，我說的是那個流言。」

「那個流言？」

「真是的，妳還沒聽說嗎？該不會是妳家媳婦刻意要瞞妳？」

完全搞不懂富美子在說什麼。

「妳就別吊我胃口了，快跟我說吧。那個流言是什麼？」

「我說的是那條地下法案。」

「那是什麼？」

「就是那個可以逃過七十歲死亡法的方法呀。」

「我聽不懂妳在說什麼。」

「妳果然沒聽說，真是的，別說妳家媳婦了，怎麼連小靜跟明美還是清惠都不跟妳說呢？」

「那是……不可能的，大家都很忙……」

自己無法向富美子坦承明美跟清惠其實前幾天有過來。別說是媳婦了，就連親生兒女都不把自己的事放在心上這一點，就算是面對自己的摯友也說不出口。

「我聽說呀，即使是過了七十歲，比方說只要你曾任職過國會議員或是拿過諾貝爾獎還是研究癌症的專家的話就可以繼續活下去。法律這種東西真的都還是有縫鑽的。」

「什麼嘛，原來是這麼一回事。」

「阿菊妳聽了不驚訝嗎？」

「因為這跟我毫無關係嘛，再說富美子妳拿過諾貝爾獎嗎？」

「什麼？」

富美子好似看到什麼不堪入目的東西一樣，苦著一張臉，像是要探查什麼一樣地盯著自己。

「富美子，妳剛是在開玩笑吧，妳也真是的。」

這麼說完後，富美子就笑了出來。

「抱歉啊阿菊，真是的，我上了年紀後就變得連玩笑話都不曉得怎麼說了。我呀，在我家那口子面前想開玩笑的話，都會被他誤認為是在犯老人癡呆。」

「歲月催人老真的是很痛苦，話說回來茶怎麼那麼慢？」

寶田菊乃按下了呼叫鈴。「東洋子——」

「噢唷，還能喊那麼大聲那表示妳應該還能活很久喔。」

「妳在胡說些什麼，我們不都只剩兩年可活？」

「阿菊我剛不是說了沒這回事嗎。」

富美子壓低了聲音。雖然兩個人都上了年紀，但是剛好都唯獨沒有耳背，所以壓低音量說話也聽得見。「日本因為少子高齡化已經陷入窮途末路了。」

「富美子妳說這話大家都曉得呀，不管是年金還是醫療支出，老人家不都被貼上幫不上忙的吸血鬼標籤嗎。」

「所以啊，如果能擺脫這種棘手的形象的話，即使是過了七十歲還是能繼續活下去，這就是這條法案的縫呀。」

「什麼意思？富美子妳這話怎麼說？」

「小夜她呀聽說已經領到證書了。」

「妳說的小夜是嫁到車站對面賣酒那間店的？」

富美子聽到自己那麼說後，用力地點了頭。

「那妳說的證書是？」

「就是不限制你可以活到幾歲的證書呀，我可沒騙妳，那上頭還蓋有馬飼野總理的章。」

「富美子妳是親眼看到的嗎？」

「沒有，我是聽人家說的。但這事可是真的，聽說她還一併收到了紅白饅頭[4]。」

「為什麼就只有小夜拿到這個證書？」

「那是因為聽說小夜她不拿年金，醫療費用全部自行負擔，然後寫了個同意書交到了區公所去。」

「什麼，原來如此。不過確實這樣做的話就不再是國家的負擔了。但妳是在說笑吧。」

「為什麼這麼說？」

「我可是完全沒聽說過這條法案有漏洞的事，電視上跟廣播上都沒提到。」

自己每天都在看電視，所以自認常識還算豐富。

「這種事可是不能張揚的，所以才說是漏洞嘛。」

「妳這樣說也是……那像小夜這樣的人會持續增加囉？」

「那是當然的呀！我聽風聲說光是東京就已經有十二萬人註冊了，聽說區公所每天都是老人家人滿為患。」

「我身邊有存款，說實話不領年金也還是過得去的。」

「不過阿菊呀……」

富美子這麼說著將眼神給別開了。「光是這樣還不行的，妳還必須提供無償服務。」

「無償服務？妳說的是志工對吧？」

「聽說小夜她在小學放學後就過去教小孩子練習寫字。現在不是說貧富差距持續擴大中嗎，家裡沒錢上補習班或是學才藝的孩子應該不少。」

「所以說，像我這樣一整天躺在床上的人就沒辦法對吧。」

「阿菊對不起，我真的是開始癡呆了。抱歉啊，聊這種話題反而讓妳情緒更低落，我一開始不是這個意思的……」

「妳說什麼呀，我什麼都想知道呀，我家媳婦什麼都不跟我說的。」

「不過說不定妳家媳婦是真的什麼都沒聽說。」

「那是不可能的，我家的媳婦跟女兒們不一樣，她可是高知識份子，什麼都知道的。那富美子妳想做什麼樣的志工？」

「我跟我家那口子討論後，他說想去教珠算。」

「在這個年代教珠算喔？現在不都是數位化的時代了。」

「這妳就不懂了，珠算現在又開始流行起來了。」

「是喔，我還是第一次聽說。那富美子妳呢？」

「我決定要到需要看護的老人家中幫忙做家事，洗洗碗呀、煮個味噌湯什麼的。」

「這樣子的志工政府也願意發證書喔？」

「當然呀，你都不拿年金了，還無償提供服務。」

富美子跟她先生還有小夜……不，今後還會有更多的人能夠繼續活下去。如果是這樣的話，自己不想就這樣一個人死掉。今後將再也無法見證這個世界的變化……。

對於生存的執著湧了上來。

就算我死了，這個世界還是會照常運轉，然後兒女跟孫子還有鄰居肯定會逐漸將我淡忘。

自己愈來愈少想起丈夫，這件事就是最佳的佐證。

感覺好空虛……。

此時傳來了敲門聲。

「媽，我端茶來了。」

東洋子走進了房間。

「怎麼那麼慢？欸，怎麼只有茶呢？配茶用的點心呢？」

「真是抱歉，家裡備用的茶點剛好沒了。」

「沒關係沒關係，突然登門拜訪是我不好，而且我有帶柿子乾來。」

「抱歉呀，我這個媳婦就是那麼不機靈。」

東洋子擠出一個尷尬的笑臉走出了房間。

「阿菊，我覺得妳這樣對媳婦說話不太好吧。」

「沒差啦，我那媳婦喔，照顧我時看起來都心不甘情不願的。」

「是這樣啊？那感覺很差耶。現在做人媳婦的一點都不知道要體貼人。」

「沒錯沒錯，被人看護是很悲慘的，真希望她站在我的立場想一想。我那媳婦也不想想自己有一天也是會老的。」

「話說回來，我家那口子有個朋友叫次郎，自己一個人死在房間裡了。」

「這種事現在很常見的，富美子。」

「可是他可不是自己一個人獨居喔，他跟兒子一家人一起住，結果還是死了兩天後才被發現。而且呀，聽說次郎他每天都在連媳婦都受不了的時間早起，到廚房嚷嚷著早飯還沒好嗎。結果次郎沒起床她媳婦就擅自認定他是今天肚子不餓，實在是很扯。而且喔，聽說她還是到了隔天晚上才到次郎房間去探視他。」

「這種事可不能置身於事外呢，我們家也是，我每次按好幾次鈴她都不來，最近都得按個三次才會過來。」

菊乃這麼說著腦中突然浮現了這個想法。要是自己不出聲喊東洋子的話，說不定她永遠都不會過來。自己死了她可能也不會發現。

下次乾脆試著假死看看好了……。

「我想起了我媽做的柿子乾，感覺要比我帶來的好吃，不曉得是不是我的錯覺。那個年代沒有甜的東西可以吃，所以可能才會覺得更好吃吧。」

富美子一邊吃著柿子乾，一邊看似望向遠方地這麼說道。

「真是懷念，我最喜歡我媽做的艾草麻糬。每次她要做的時候，我就會一大早很開心地到草地上去採艾草。」

自己至今不曾吃過比那艾草麻糬更美味的食物了。

每次閉上眼，早就過世的爸媽還有哥哥們的面孔就會浮現上來，無論時光如何流逝，爸媽永遠停留在四十多歲，哥哥們也都永遠那麼年輕。

好想回去，回到戰爭爆發前的那個年代去……。

「阿菊呀，妳還記得祕密基地嗎？」

自從自己被親戚收養後，只有待在學校的時間是開心的。表舅媽很重面子，所以唯獨學校是有得上的。

「當然呀，教室後面的那座神社對吧。那裡長了好多山葡萄，那個年代東京還是一片綠意盎然的。」

「我們那時還常採黑莓跟茱萸來吃對吧。」

「我還記得那時採了櫻桃跟桑椹去給富美子妳媽時，她每次都好開心。」

當時的情景一幕幕浮現於腦海後又逐一消失。

「夏天那時還會把木桶放到外廊上洗澡、吃西瓜，黑翅珈蟌現在也都已經看不到了。」

「好懷念呀，富美子，時代不一樣了呢。」

「不一樣不一樣，現在就連總理大臣都像半個美國人一樣，時代變化也是理所當然的。」

「好想回到以前。」

能像這樣聊往事的朋友一個接著一個死了……剩下來的都是話不投機的年輕人。

「阿菊也死了的話我會很傷心的，妳死了我就沒有人可以聊天了。」

富美子這麼說著，露出了寂寞的笑臉。

第三章　無處可逃

星期六，東洋子正在廚房刷著流理臺。丈夫一打早就去打高爾夫球不在家，他按照原定計劃將在這個月底辭去工作，辭去工作的兩週後就要出發環遊世界。

自己則是自從那時以來一點變化也沒有。

現在依舊無法下定決心離家出走，思考未來的集中力日趨低落，因為長期睡眠不足身體相當疲勞，頭腦也無法清晰運轉。這也是因為婆婆會在半夜按好幾次鈴把自己叫醒的關係。有時是叫自己幫忙抓背，有時則喊說她耳鳴，真心希望她不要老是這樣因為一些小事就按鈴。一個晚上被叫醒一次就已經很吃不消了，最近還一個晚上要起來五到六次。

然後，因為之前看了《女遊民急速增加！》這個特別節目，對於離家出走這件事突然感到相當不安。自己打從婚後就不曾工作過，應該沒有哪家公司會願意雇用自己，到時肯定會像電視上看到的那些遊民一樣流浪街頭。

簡單來說就是跟以前一樣……無處可逃。

一直想這些事也不是辦法，得趕快來做飯了。

東洋子在心中盤算著要煮些什麼的同時，將冷藏庫的蔬菜室給打了開來。她感覺就這樣順勢蹲下去的話感覺會閃到腰，於是在半蹲的姿勢停了下來，接著小心翼翼地慢慢站起來。

冰箱裡有火腿跟雞蛋。

就在決定午餐要煮炒飯跟蛋花湯時，大門處傳來了喀噠的一聲。

從廚房的窗戶望出去，隔壁的前田家太太把傳閱板放進了寶田家的郵筒裡。

就在此時正好跟前田太太對上了眼。

前田太太笑著向自己點了個頭。

從以前開始就想變成像她這樣的老人，每次見到她手腳都相當俐落，加上因為她的興趣是跳國標舞，平時穿得也相當俏麗。忘了是什麼時候，有一次在門口跟她聊天時發現兩人是屬同一個生肖。

自己今年是五十五歲，所以前田太太就是六十七歲。

彷彿像是被她的華麗給吸引了一樣，回過神時東洋子已經把廚房的後門給打了開來。

東洋子穿上拖鞋、踩著踏腳石往玄關處的郵筒走去。

「前田太太您好。」

「寶田太太妳怎麼看起來這麼沒有精神？」

劈頭就被前田太太這樣說的東陽子嚇了一跳，她心中可是想著要笑臉迎人的。

「雖然我們就住隔壁，但感覺好像很久沒有看到寶田太太了。」

「那是因為我沒辦法出門。」

「真辛苦呢。」

前田太太看起來一臉相當同情的樣子。自己現在在看護臥床不起的婆婆這件事街坊鄰居都曉得。但是，東京人跟老家的漁村不同，他們不會主動去干涉別人的家務事。東洋子現在才察覺到，唯有在全家人都健康時才會歡迎這種雲淡風輕的往來方式，並且覺得這種距離剛好、鄰居們彬彬有禮。但自從必須開始照顧婆婆以來，這種大都會特有的交流方式卻讓人覺得相當冷漠。

如果是在自己從小長大的漁村的話又會是怎麼樣呢？隔壁的大媽嘴上會說著「好東西跟好朋友分享」，拿來自己田裡收成的煮南瓜之類的，然後擅自走進家中，毫無忌憚地四處張望，敏銳地察覺到看護生活有多悲慘。然後大媽就會這麼說：「我來幫妳顧妳婆婆吧，妳就去咖啡店喝杯咖啡放鬆一下再回來。」這樣的好意可以拯救自己，即使是隱私被窺探也無所謂。如果剛好家中亂七八糟，事後被鄰居拿來說嘴也無所謂。這種事已經無所謂了，真的……好累。

「好香喔，妳剛剛在炒洋蔥嗎？寶田太太中午煮什麼？」

「中午煮炒飯。」

「妳真了不起，像我家老伴走後我就是一個人住，所以每次午飯都去『蒙特利』吃他們的商業午餐。」

「要是家裡沒有婆婆在的話，自己也不會去煮什麼炒飯。」

「聽起來真不錯呢。」

就連蛋花湯都不會煮。

自己一個人的話，一片起司吐司就夠了，直接拿蘋果來啃也無妨。

「社區的清掃日期寫在那上面。」

前田太太手指著傳閱板這麼說道。

自己光是聽到要打掃社區就覺得腰痛，輕輕地撫摸了一下腰。

「下個月嗎……」

「掃水溝還滿需要體力的，不曉得能不能外包給業者處理。如果是因為這樣必須漲社區管理費的話我是覺得可以接受。」

「我也是這樣想的。」

「不過寶田太太妳真是了不起呢，妳先生應該也還很硬朗，但每次都是寶田太太妳來打掃，除此之外還要照顧妳婆婆，真的是賢妻良母的典範。像我這樣還動不動就抱怨可能會遭天譴呢，不行不行。」

前田太太這麼說著看了一眼手錶。「差不多是七反同盟的集會時間了。」

「七半？妳是說重機[5]嗎？」

「怎麼可能，七反指的是反對七十歲死亡法的同盟會。我被推舉為副會長，對了寶田太太，妳要不要也來參加？」

「不了，家中不能沒人。」而且我可是非常贊成這條法案的。

「這樣啊，那下次麻煩妳幫忙連署喔，我先走一步了。」

東洋子目送著前田太太的背影。

飄逸的長裙隨著她的步伐擺動著。

東洋子一家人搬到這間房子那時，前田家共住有六個人。不過，前田太太的婆婆不久後馬上因為心臟病撒手人寰，她公公像是要追隨婆婆的腳步一樣，隨即也因為癌症過世。幾年後大兒子藉著結婚的機會搬到外頭去住，二兒子則是因為校外教學時造訪了北海道後就深深愛上這片北方大地，現在好像在苫小牧的高中擔任社會科的老師。前田夫婦倆在兒子們各自獨立後過著兩人生活，但前田先生卻在三年前因為肺癌過世，而且是在發現癌症後僅僅四個月就走了。

前田太太在喪夫後，看起來相當徹底地享受人生，想必是經濟面上沒有後顧之憂吧。

真想像前田太太一樣生活。

自己也想獲得自由……。

原本以為跟家人以外的人聊聊天多少能消除一點壓力才走到門口去的，沒想到竟然帶來反效果。

自己反而更感到消沉了。

從後門進入廚房後，電話鈴聲響了起來。

「喂，寶田家你好。」

——東洋子嗎？是我，宮澤。

「是藍子嗎？好久不見，怎麼突然打電話來了？」

現在偶爾還會接到大學時期的朋友來電，但是高中時期朋友的來電可說是睽違已久。因為大家是在同一個地方長大，所以跟大學朋友比起來更多了一份親切感。

——七十歲死亡法不是通過了嗎？感覺可能到死之前都見不上東洋子了，所以才想趁現在問候妳。

「妳也真是的，這麼誇張，到七十歲為止不是還有十五年嗎？」

——妳說什麼呀，我們都已經將近二十多年沒見了耶。

「什麼，有這麼久了嗎？」

這麼說來，每次賀年卡上總是不脫「有時間再約」或是「希望今年有機會碰上面」這幾句話。而今人生被規定只能活到七十歲，「有機會」可能變得永遠沒有機會了。不對，就算沒有這條法案，在嘴上說著「有機會」的同時就上了年紀然後病倒，結果連一面也見不上、就這樣死掉的情況才是常態也說不定。而且，如果沒有別人好心知會，得知朋友死訊也可能已經是過了很久之後的事了。

自己也已經很久沒有在賀年卡上寫東西了，因為既沒有那種美國時間，也沒有那種閒情逸致。就連署名都是用電腦打字再印出來的。

以前寄件人處的署名是夫妻倆跟孩子兩人的名字，但孩子們長大後就改成只掛夫妻倆的名字。這樣一來，收件人便無從得知自己的家庭近況，關係感覺又因此變得更加疏遠了。所謂的上年紀可能就是這麼一回事吧。雖然很感慨，但這就是現實。

——東洋子妳今年過年沒有回娘家對吧，那時有辦同學會喔。

「真的喔，我都沒有聽說。」

藍子因為沒有結婚所以沒有家累，過著跟自己完全無緣的自由生活。

——我有在惠比壽屋碰見東洋子妳媽喔，她那時看起來很有精神。

「惠比壽屋？那是什麼？」

這麼說來，自己跟媽也好久沒有見面了。

——妳不曉得惠比壽屋喔？是去年新開的超市，就在小雪她家對面、以前是醫院的那塊地上蓋起來的。

閉上眼後，故鄉的街景浮現於眼前。

「那一帶很方便呢。」

好想回家。

媽今年七十八歲，爸則是八十歲，兩個人都只剩下兩年不到的時間可活。因為自己是長女，真想帶他們悠悠閒閒地去溫泉旅行。

大妹夫妻倆都在高中當老師，幾年前接手高三班以後聽說又變得更加忙碌。小妹則是嫁到了車站前歷史悠久的昆布批發店。店面的銷售量據說普普通通；但是因為也有經營網購，聽說生意還滿好的。

妹妹們都還待在故鄉，所以基本上不太需要擔心爸媽。但是只要一想到爸媽心中會有多哀嘆只剩不到兩年時間可活這點，自己就會感到相當坐立難安。

上次跟媽講電話是什麼時候的事了？在跟媽講電話的途中，因為婆婆好幾次放聲大喊「東洋子——」，結果逼不得已只能草草掛掉電話。之後因為忙碌，最後也沒有回撥。別說是去泡溫泉了，就連好好講上一通電話都有困難，自己身為長女完全沒有盡到應盡的責任，每次一想到這就覺得很悲哀。

「這麼久沒見到藍子妳了，真想聊個痛快。」

想跟藍子暢快地聊個夠。

不管聊什麼都好，總之就是想暢所欲言。

想要盡情地說婆婆的壞話。

也想趁機痛罵自己的先生一番。

想要放聲宣洩一番。

這些都是內心最深處的想法。

——我隨時奉陪呀。

「藍子抱歉，可以等我三十秒嗎？我換個地方跟妳講。」

東洋子這麼說道，緊握著電話子機步出了廚房，儘可能不出聲響地上了樓梯，穿過二樓北側的臥房後，進入一點五坪大的置物間，並把拉門給緊緊地關上。

在這裡說話應該沒有任何人能聽到。東洋子在壁櫥的圍繞下坐到了梯凳上。

「喂，讓妳久等了，跟妳說實話我先生他媽現在臥床不起，我因為要照顧她所以沒辦法出門。」

——這件事我有聽東洋子妳媽稍微說了一點，好像很辛苦呢。但是週末妳先生不是在家嗎？而且妳女兒不也在？她不是都長大了？半天左右的話應該出得了門吧？

「我女兒現在已經獨立了，現在她在外面自己一個人住。」

——她是住在關西的哪裡？

「關西？妳在說什麼？她是住在杉並區呀。」

——什麼嘛，如果一樣是在東京的話就讓她稍微幫一下忙不就好了，難不成她工作忙到週末都沒辦法休息？

「沒這回事……只是她有她自己的生活，如果一旦開始依賴她的話，可能會把她也給拖下水，所以我才下定決心不要去麻煩她。」

——這樣啊，是說要看護一個老人還要動員到孫子輩去確實也不合情理。那妳先生呢？至少週末讓他跟妳交接一下。

他星期六去打高爾夫球，週日的話都累癱在床上睡覺。

「那可不行。」

——為什麼？

「他為了這個家工作很累的。」

如果不告訴自己這麼想的話，感覺長期以來累積的不滿會爆發出來。

——妳的想法變了好多喔，妳以前不是都說男女平等的嗎？

「那是孩子們還小時的想法，那時我堅信在家帶小孩要比出外上班辛苦好幾倍。但是小孩都長大後，生活頓時變得很輕鬆，自己什麼都不做就等著讓人養這種感覺有點淒慘。」

——但妳現在根本一點都不輕鬆呀，看護不是很累的嗎？應該比照顧小孩還辛苦吧。

「話是這麼說沒錯……」

——妳好像那種典型的賢妻良母喔。

沒這回事。雖然不知是從什麼時候開始，夫妻間已經變得無法想到什麼就直說了。

——我聽人家說什麼事都自己一個人承擔不好喔。

自己也不是因為想承擔才去承擔的，只是因為沒有人願意伸出援手而已。自己一個人早就因為看護而精疲力盡了。這一點只要是住在同一個屋簷下的人肯定都看得出來。但是就算他們都看得出來，卻還是沒有人願意伸出援手，面對這樣的人多費唇舌也沒有意義。

——自從那條法案通過後，我們公司有好多人提前退休，東洋子妳先生要工作到退休年齡為止嗎？

「我先生也馬上就要提前退休了。」

——什麼嘛，那就讓他也幫忙照顧妳婆婆嘛。

「他呀，跟大學時期的朋友約好了要一起去環遊世界。」

——天啊，這是什麼情況。

話筒另一端傳來了大大的嘆氣聲。

「抱歉，總而言之我不能不留在家裡。」

——這樣啊，可是……算了，好吧，原來如此。

藍子應該有許多話想說，但是對別人的家務事說三道四的也不好，所以才把話給吞了回去吧。

——總之，東洋子妳先把手機號碼告訴我吧。

「我沒有手機的，我每天都在家裡不需要手機。」

——這年代沒有手機還未免也太稀奇了，那妳把妳電腦的郵件地址給我。

「電腦的信箱是跟我先生共用的，如果妳不介意的話，我就留那個信箱給妳。」

——不會吧，怎麼可能不介意。只要想到郵件可能會被妳先生看到的話，我就寫不下去了，那要不免費信箱的地址也可以。

「免費信箱？那是什麼？」

不會吧，妳不知道嗎？嗯，所謂的免費信箱就是……

藍子說到這裡停了下來，嘆了一口氣。

——抱歉，感覺要說明有點麻煩。

「妳說得對，抱歉。」

——東洋子妳道什麼歉啦，之後有時間我們再找機會見面。

「嗯，之後找時間再見。」

「之後」跟「有時間」，這樣的一天是永遠不會到來的。

在講電話的過程中，可以清楚感覺到藍子喪失了興致。老朋友過著專職家庭主婦生活，絲毫讓人感受不到過往的氣勢，兩人就算見了面肯定也聊不起來，藍子在心中應該是這樣想的吧。

藍子，妳的敏銳至今寶刀未老。

高中時期的藍子雖然成績不是頂尖，但卻曾經好幾次為她看人的眼光感到驚艷。因為她講話總是很直，所以很多女生都看她不順眼，不過自己反倒很欣賞她這一點。她總是想到什麼就說什麼，所以也毋須去揣測她的話中之意，相處起來很輕鬆。但是，這次睽違多時在電話上聊，發現就連藍子的用字遣詞都變得謹慎，把都快說出口的話吞回去。是因為出社會打滾讓她變了嗎？還是說她覺得自己已經不值得往來了……？

東洋子掛上電話後悄悄地走出了置物間。

仔細想想，婆婆臥床不起後唯一的優點，就是自己可以像現在這樣在家中各處來去自如。以前婆婆還健康時家裡都是由她來打點的，自己在這個家根本就沒有棲身之處。但現在客廳跟廚房、客房還有二樓的置物間全部都在自己的管轄範圍內，再加上丈夫回來得晚，正樹也不出房門一步。

此時樓下傳來了呼叫鈴聲。

東洋子急急忙忙趕下樓。其實沒有必要那麼急急忙忙的，但卻覺得好像有什麼被婆婆看穿一樣，所以不禁慌了手腳。

「媽，您怎麼了？」

自己臉上可能浮現了不自然的假笑，婆婆趴在床上將脖子轉了過來，正用不信任的目光打量自己。

看她趴著應該是想要叫我幫她按摩腰吧。自己腰也很痛，但卻無法說出口，就算說了肯定也只會把自己搞得不開心而已，因為婆婆從來就不曾好好地把媳婦說的話給聽進去過。

「東洋子，妳其實很開心吧？」

「開心？您在說什麼？」

東洋子一邊用大拇指按壓著婆婆的背一邊回話。

這樣幫她按摩了好幾年，就算按到自己大拇指都變形了，這個人到死之前也肯定不會注意到吧。

「妳說實話。」

「呃……我會因為什麼事開心？」

完全聽不懂婆婆在說什麼。

「妳喔，還在那邊裝，那條法案通過了妳不是很開心嗎？」

婆婆把脖子轉了過來，張開了眼睛直直地盯視過來，一副妳別想唬弄我的神情。

「為什麼我會開心呢？」

因為這條法案，自己只剩下十五年可活。相較之下婆婆可是活到了八十四歲，而且還有兩年的緩衝期，怎麼想都不公平。當然，自己也不想在每天得躺在床上的狀況下苟延殘喘地活，但是只能活到七十歲還是太短了。

「那條法案不是兩年後開始正式施行嗎，也就是說，妳只要再照顧我兩年就可以解脫了。一想到可以擺脫我這個壞心眼的老太婆，妳肯定覺得很神清氣爽吧。」

「沒有這回事……」

「至少就讓我在這兩年內想說什麼就說什麼。」

「什麼……」

「話說回來，東洋子妳有聽說那件事嗎？」

「那件事是什麼事？」

「就是地下法條啊。」

「地下法條？不曉得，我沒有聽說這件事。」

「妳就會說謊，其實妳應該有聽到風聲吧。」

「風聲？我是要從哪裡去聽到風聲？」

自己心裡有個東西啪地一聲裂開了。

我都這樣犧牲自己拼了命在照顧妳了，妳還這樣死纏爛打說一些莫名其妙的難聽話！

「因為媽您所以我根本一步也出不了這個家門！」

眼淚湧了上來。「我這樣是要從誰那裡聽到風聲？朋友每次找我出去都只能拒絕！過年那時老家還舉辦了同學會的！」

一股澎湃的巨浪從心底深處拍了上來。

停不下來了。

「請您適可而止好嗎！」

東洋子這麼說著步出了房間，砰地一聲粗魯地將門給闔上。

當天晚上，東洋子趁著丈夫洗澡時上了二樓，將衣櫃裡的小抽屜打了開來。

不見了！

怎麼會？

應該要放在小抽屜裡頭的存摺、提款卡還有印章都不見了。東洋子心中感到不妙，將手伸進了和服堆裡，夾在裡頭的五十萬日圓還在。

東洋子焦躁地等著丈夫洗好澡出來。

「泡澡好舒服呀，東洋子妳也去洗吧！」

「我問你，你有沒有看見放在這裡的存摺？」

「噢，妳說那個呀，妳就不用再煩惱錢的事了。」

「你這話是什麼意思？」

「從今天開始就由我來管理。」

「為什麼？」

「退休後時間也會變多，這方面至少該由我來負責，長期以來真是辛苦妳了。妳需要錢的時候不用客氣跟我說。」

「什麼……」

「你別誤會喔，我不會在家裡的開銷上斤斤計較的，反倒是東洋子妳再打扮漂亮一點怎麼樣？有想要買什麼的話就隨時跟我說，我會付錢的。」

隨時？

——我要去超市買東西，請給我錢。

——我想買鞋子，請給我錢。

東洋子的眼前突然變得一片昏暗。

「妳別擔心，出門旅行的這三個月我會算好生活費給妳的。」

感覺自己真的已經變成奴隸了。

覺得自己像是被關在籠裡、有幽閉恐懼症的小鳥。要不是丈夫現在在眼前的話，自己真想放聲大喊然後在地上用力打滾。不先深吸一口氣調整呼吸的話，自己很有可能會陷入恐慌。

如果不能自由用錢的話，通常或許會放棄離家出走。但是自己正好相反，現在只想儘早從這個監獄中逃出去。

我現在手頭上有多少錢？

衣櫃裡有五十萬日圓，錢包裡確實還有兩萬三千日圓左右，然後廚房的抽屜裡頭還有上週從銀行一口氣提領出來的生活費，應該還剩下九十五萬。

總計一百四十七萬三千日圓。

帶得出去的就只有這些了。

*

咚咚咚咚……

一陣輕快的腳步聲踏著樓梯上來了。

躺在床上讀著雜誌的寶田正樹豎起了耳朵。

這並非母親的腳步聲。

母親怕放在托盤上的湯灑出來，總是小心翼翼地一步步走上階梯。

會是誰呀？

「正樹，吃晚餐了。」

聽到是母親的聲音有些失望。

聽她腳步聲那麼輕快，今天似乎難得地沒有味噌湯。

「欸，正樹，還在睡呀？」

唉，好囉嗦，真希望她別管那麼多。

我是睡是醒與妳無關吧。

煩死人了，今天也是不等到我打開門露個臉她就不走。

唉，真是煩人。

「正樹！你在吧！」

母親的聲音突然變得很尖銳，正樹嚇了一跳彈了起來。

「叫你給我回話！」

正樹慌慌張張將門打開。

「瞧不起人也要有限度！」

母親用很可怕的表情瞪著自己。

母親算是喜怒不形於色的人，以前不曾見她這麼生氣過。

「呃……是發生了什麼事嗎？」

戰戰兢兢地這一問後，母親不發一語地將一個紙袋塞到自己胸前。仔細一看，是麥當勞的紙袋，這也讓人嚇了一跳。母親不是一向最注重營養的嗎？小時候不管怎麼哀求，她都不願意帶自己上速食店。

母親嘴裡嘟噥著，但是聲音太小了聽不清楚。

「妳剛說什麼？」

「你瞧不起我。」

「我？怎麼可能。」

母親的視線不在自己身上。

她的眼裡聚滿了淚水，正盯著半空中看。

「別太得寸進尺了，你們每個人都把我當女傭使喚！」

母親吐完這些話後快步下了樓梯。

正樹只能呆呆地望著她的背影。

到底發生什麼事了？總是很理智的母親怎麼會突然這麼大聲說話？

算了先別管這些……正樹關上門後將袋子裡的食物拿出來放到桌上。

雙層堡、大薯、中杯可樂，還有雞塊。

拿了一根薯條放進嘴後，聞到的是學生時期的味道，真是懷念。因為麥當勞只開在人潮洶湧的車站附近，所以真的是久違的味道。臉上的表情也自然地放鬆了下來。

話說回來媽怎麼會去買麥當勞給我吃？難不成是累到沒辦法做菜了嗎？

算了，管他什麼理由都好，難得可以吃到這麼好吃的東西。

反正只要到了明天她的氣就會消了。

＊

東洋子好不容易找到了跟藍子約好的咖啡廳。

「抱歉，我遲到了。」

距離約好的時間已經過了十五分鐘。

藍子稍微看了自己一眼，臉上毫無笑意地闔上了文庫版的書。

藍子跟年輕時比一點都沒變，皺紋雖然增加了，但是整體的感覺還有纖細的身材跟以前如出一轍。

「東洋子，妳很久沒來澀谷了嗎？」

「五年沒來了，澀谷變了好多，這家咖啡廳我剛剛一直找不到。」

「從東洋子妳家來澀谷搭電車只需要十分鐘吧？」

藍子吃驚地說。

「話是這樣沒錯，但我為了照顧婆婆根本沒有閒暇逛街。藍子妳幾點到的？」

「我們約好的時間的前十分鐘。」

也就是說她前後共等了二十五分鐘。東洋子看了咖啡杯一眼，杯子已經見底了。

「真是抱歉，讓妳等那麼久。」

不過自己會遲到也是有理由的，要出門前婆婆又在喊，叫自己幫忙換尿布、端茶什麼的。

「妳要不要去買支手機啊？我想聯絡妳都沒有辦法，我剛剛一直在想會不會是我搞錯了地方，還是東洋子妳突然來不了了，這樣很有壓力耶。」

「對不起。」

東洋子在道歉的同時不經意地看到了藍子的腳，她穿著牛仔褲跟球鞋。果然有在外頭上班的人就是不一樣，自己已經好幾年沒有穿過牛仔褲了。

總覺得有股距離感。

「時間果然是會改變人的。」

藍子感慨地這麼說。

她的表情看起來有點失望，自己應該沒有看錯。

「那是當然的呀，我們有將近二十年沒有見了。」

「話說回來東洋子，妳大包小包的是怎麼回事？妳等一下要接著去旅行嗎？」

藍子的視線放在自己的波士頓包上。

「其實我扯謊說我媽病倒，離家出走了。不這麼說的話我出不了家門，真不曉得怎麼以前怎麼都想不到這麼簡單的謊話。」

「簡單？我可不這麼想。說謊是需要勇氣的，一不小心就穿幫的情況還滿多的。」

「真的嗎……」

「唉唷東洋子，妳怎麼又突然退縮了。所以呢？等等就回鄉下休息？」

「沒有，我不回去。不過為了預防萬一，我有先打電話給我媽讓口徑一致。」

這麼說著，又想起了昨天跟母親對話的情景。

——明天我想要回家。

東洋子關上了拉門，小聲地這麼說。

——抱歉，明天我跟妳爸要去參加社區舉辦的旅行耶。我們要先在大阪觀光，然後要去看坂本冬美的演唱會。妳爸他不是從以前就是坂本冬美的歌迷嗎，他現在就在那邊興奮，真的是很好笑。

這番話讓人感受到父母兩人和樂融融的關係，仔細想想父親從以前就是很重視家庭又很善解人意的人。

——那下星期可以嗎？

——嗯……我們到今年年底行程都排滿了，如果只待兩三天的話是可以。不過可以的話，能過年之後再來那就感激不盡。

感激不盡？

現在女兒回娘家對他們來說已經不是開心事，而是變成負擔了嗎？就算女兒不在身邊，爸媽也生活得很開心這一點雖然讓人感到安心，但相對地也覺得有點寂寞。

而且更重要的是，要是被婆婆發現自己是在說謊就不妙了。

「我這樣講是不是最後還是會穿幫？」

「東洋子怎麼感覺妳……話說回來誰來照顧妳婆婆？」

「我先生他姐，我跟她說是緊急狀況她才心不甘情不願地過來。」

「這樣呀，那妳說有事要跟我商量，是照顧妳婆婆的事嗎？」

「我本來是那樣想的，但仔細想想，我發現這種事就算找人商量也不能怎麼樣……」

「光是找個人聊聊心裡就會輕鬆很多喔。」

「聽妳這樣說我很感激，特地把妳給約了出來，結果還沒有事跟妳商量，感覺真是過意不去。」

「沒有這回事啦，我們很久沒見了，光是能見上面就很開心了。」

「真的嗎？謝謝妳。」

「現在七十歲死亡法通過了，妳再忍一陣子就能從婆婆的看護中解脫了吧。」

「話是這麼說沒錯，但我們的人生不都只剩下十五年而已？最近開始覺得其中兩年要浪費在看護我婆婆上，實在是別開玩笑了。」

「確實是這樣。妳婆婆已經八十多歲了吧？已經活得很夠了。」

「而且呀，她絲毫沒有感謝之意。」

「這樣不好呢。不過，假設她三不五時就向妳道謝，妳就會覺得忍得下去嗎？」

「這個嘛……」

「並不會對吧，即使她向妳道謝也不會減少妳的辛苦。」

或許藍子說得沒錯。

「話說回來妳兒子呢？我記得他是帝都大畢業的對吧？」

藍子一定是顧慮到自己的心情、想聊點開心事才轉移話題的。但東洋子卻不自覺地別開了視線。

「他之前找到大東亞銀行的工作。」

「哇，好厲害。」

「但是好像職場人際關係出了問題……他已經離職了。」

「最近的小孩說不幹就不幹呢。我們公司也是，有不少年輕人說想找更有意義的工作，都很乾脆地說換就換，還真是羨慕這種生存方式呢。」

「其實不是……他一直待在家裡。」

「待在家在幹嘛？是在準備國考嗎？還是已經考了證照準備在家裡創業？」

「沒有，他什麼事都沒在做。」

「什麼？」

藍子顯露出意外的表情。「妳兒子幾歲了？」

「二十九了。」

「他這是繭居了吧？他該不會還會對家人施暴吧？」

「那倒是沒有，他不像電視劇上看到的那種血氣方剛的小孩，偶爾也還是會去便利商店或是DVD出租店，也不是完全不踏出房門一步。」

「什麼嘛，那這樣更讓人摸不著頭緒了。」

藍子看似生氣地說道。「血氣方剛的小孩還比較容易想像，我就不客氣地直說了，他這樣不就只是單純的懶惰蟲而已？要是他一整天都在家的話，就應該幫忙照顧妳婆婆才對。」

「那是不可能的。他還是時不時會投履歷，有時候也會去面試……不對，最近他都沒有去面試。但畢竟是男孩子，要他幫忙分攤看護的工作實在是……」

「啥？我記得妳以前不是說過教育小孩沒有男女之別嗎……難不成開始帶小孩後妳的想法就變了？」

「並沒有……這回事。」

「妳兒子下一步打算怎麼辦？」

「不曉得，他心裡是怎麼想的我完全沒有頭緒，我們根本幾乎就沒有對話，可能是我帶小孩的方法出了問題。小孩子會有問題都是出在爸媽身上，我是這樣想的，所以我沒有一天不自責的，一想到那孩子的將來我就覺得很難過、很揪心，畢竟是我搞砸了他的未來呀。為了降低自己的罪惡感，我至少能做的就是照顧好他的飲食。」

「東洋子帶小孩的方式沒有不對喔。」

「為什麼？妳怎麼會這麼想？」

東洋子吃驚地看著藍子。

自己在拉拔小孩子們的期間應該跟藍子沒有見過面，自己是如何對待小孩的藍子一次也沒看過。

「我覺得東洋子帶大的小孩一定是生活習慣良好、很認真面對人生的。」

「是這樣嗎？」

感覺已經好久沒有碰過這樣認同自己努力的人了。

「會變成繭居族的原因沒人搞得清楚不是嗎？原因有可能出自朋友或是學校的老師，出了社會後也會碰到惹人厭的頂頭上司。從以前到現在，曾經帶給東洋子妳兒子影響的人數也數不清的。此外，他本人天生的潔癖或是敏感也有可能是催化的因素之一，我在想應該是這些因素全部交雜在一起的關係。如果這樣的話只能使出終極手段了。」

「比方說？」

「把他趕出家門讓他自己一個人生活，這樣一來他不就會被迫採取行動？」

如果這麼簡單就能解決問題的話，家裡有繭居族小孩的家長都這樣做了。

「我們那個年代這樣的方法或許有效，但是現在的小孩就難說了。」

「妳這樣想的話或許也沒錯，畢竟我沒有帶過小孩的經驗，實際上什麼也不懂。」

「正樹他一開始也是很拼命地在找工作的，但卻好像找不太到能夠匹配他學歷的工作。只找得到居酒屋的打工，妳能相信嗎？」

「只要肯做，獲得認可的話不是也有可能升為正式員工的嗎？」

「在居酒屋店當正式員工……妳別誤會，我也不是在自以為是，但好歹都是帝都大畢業的。」

「但他有可能成為在全國擁有連鎖店的大公司儲備幹部呀。」

「正樹的同學沒有人在餐飲業上班的。」

「但總比不工作來得好吧？」

「我不這麼認為，一旦開始做這樣的打工的話，一輩子都爬不上去的。」

「妳說的也不是沒有道理，但再這樣下去的話，他真的會變成不折不扣的繭居族的。」

「怎麼可能……」

心中最害怕的事被一針見血地戳中，東洋子內心感到一陣慌亂。

「妳這種非大公司不可的價值觀，是不是帶給妳兒子很大的壓力？」

「什麼？」

自己從沒想過這個問題。

確實在正樹剛辭去大東亞銀行的工作後那一陣子，自己心中堅信他一定能找到同等級、甚至是更好的工作……。

但是，說什麼壓力的。

怎麼可能會有這種蠢事。

自己可是一次都沒有告訴過正樹「要加油」。那孩子無論是成績或是升學，表現總是好得出乎意料，讓做父母的非常驚艷。所以這次自己也暗暗期待著他應該會找到知名企業的工作。

不過，自己真正所期盼的還是正樹要過得開開心心的，她沒有要他到名氣響亮的大公司去工作。中小企業或是微型企業都無所謂。

只是正樹自己無法屈就而已。

「要不要就拋開面子跟對於學歷的執著，從零開始試試？要的話愈早愈好喔。」

「說的……也是呢。」

「已經不是挑三揀四的時候了，現在這種世道有工作可以做就要謝天謝地了。」

說不定正樹也希望從父母口中聽到藍子剛剛說的這番話。

「雖然不是自己家的事，但還真是替你們著急。」

「謝謝妳幫我設想這麼多。」

「東洋子妳看護婆婆就已經夠累了，兒子的事就交棒給妳先生如何？」

「我先生？」

「對呀，妳先生是他爸吧。」

「嗯，確實……也是呢。」

幾天前，丈夫掛著滿臉的笑容出門環遊世界去了。

在門口目送他時怎麼樣都無法笑臉以對，自己看起來應該相當失魂落魄。丈夫不可能沒有注意到這一點的，但是他卻若無其事地這樣說。

——家裡的事就拜託妳啦，我走了。

說完後他就意氣風發地走向車站。

怎麼有可能交棒給這種丈夫呢。

「原來如此，我曉得了。」

藍子用力拍了一下桌子。「我知道為什麼我會覺得這麼火大了，見到東洋子後我一直覺得很焦躁。」

「是為什麼？」

「摯友東洋子現在過得很慘，這一點我看不下去。妳以前要比現在更有氣勢，妳應該時時刻刻都是要有領導風範的。我認識的東洋子不適合這樣軟弱地迎合他人擺笑臉。我不想看到這樣的東洋子。看妳這樣我覺得很難受，我希望妳是永遠走在我前頭的女性，就像高中時一樣。」

藍子這樣說完後，彷彿口很渴似地將杯中的水一飲而盡。

有領導風範？

我？

走在前頭的女性？

東洋子吃驚地看向藍子，只見她自己一個人看似贊同地點著頭。

也是曾有那樣已經淡忘已久的過去的。當時對於自己感到相當有自信，要說是自負也可以。自負很重要，缺乏自負的話就無法自信積極地生活。

「有問題的是妳那個不願意負起家庭責任的先生、不願意去你家住個幾天幫忙的大小姑們，還有遲遲不肯獨立的兒子。再加上對家人毫不關心的女兒。這幾個人未免也太得寸進尺了。」

「……謝謝妳。」

藍子的表情從憤怒明顯轉為擔心。

「東洋子，生活不管是開心還是難過，我們都只剩下十五年而已。難道妳的餘生就沒有可能再過得快樂一點嗎？」

過得快樂？

可以的話自己當然也想快快樂樂。

「其實我在考慮離家出走，但是這麼做的話我婆婆跟正樹都會很困擾的。」

「沒有人可以譴責妳離家出走！妳一直以來都這麼努力，不，是努力過頭了。這種狀況正好可以讓他們體會到妳的存在是多麼難能可貴。如果要離家出走的話，首先必須先找到住的地方。」

「住的地方？我可以住哪裡？」

「別一臉那麼不安，妳真的是東洋子嗎？年輕時的妳不是這樣的，剛從福井上來到東京那時，我們不是連電車都不會搭嗎？但最後我們還不是一路克服過來了？那時我們才十八歲而已呢。」

「沒錯，確實是這樣。」

「那時東洋子妳不是沒多久就搬出學生宿舍了？」

「真的耶。」

回想起當年，臉上的表情就不自覺放鬆了下來。那時自己相信前途一片光明，是人生中最閃耀的時代。

當時的學生宿舍多半不是單人房，室友雖然很親切，感覺是個好相處的人，但是自己還是難以忍受無法保有隱私，所以沒多久就搬出宿舍，自己在外面租房子住。雖然覺得鄉下的爸媽可能會擔心，但他們好像已經摸透了女兒的性格，可以體諒自己不想時時刻刻都跟別人待在一起。當時的景氣很好，老家的寢具店生意也很好，所以隔天爸媽就把搬家的錢給匯了過來。

「東洋子，妳當年是怎麼找到房子的？那時來到東京才不過一個月左右吧？還人生地不熟的，妳的勇氣讓我好驚訝。」

「我記得那時是找了一間在路上偶然看到的房仲公司，當場讓他們幫我介紹符合條件的房間。當時剛好有一間採光好又在邊間的房間，所以就馬上簽約，回到宿舍後我就開始打包行李。」

「妳當年的行動力跑哪去了？」

「因為那時還是學生所以才找得到房子的。從外縣市來找房子的學生很常見，房仲公司的人也習以為常，所以才很親切地招呼我。但現在可不一樣，一個五十來歲的女人說『我想要找一個人住的房子』的話，對方肯定會戴上有色眼鏡，覺得一定是離家出走的家庭主婦吧。」

「但事實不正是如此？東洋子妳就是不折不扣的離家出走的家庭主婦呀。」

東洋子說不出話來。

「房仲公司的人看到妳呀，要不覺得妳是年紀老大不小還搞外遇的女人，要不就覺得妳是被丈夫施暴受不了才逃家的。」

「怎麼會……」

「抱歉，我不小心說得比較難聽了，但不採取行動的話妳只會繼續消沉下去，這讓我覺得很難受。不採取行動的話是不會有任何改變的。」

「妳說得對。話說回來，我能拜託妳一件事嗎？」

「沒問題，只要是我辦得到的話。」

「今晚可不可以借住在藍子妳家？」

就在下一個瞬間，藍子變得面無表情。

「抱歉……這一點恕我無法答應。」

「什麼？」

東洋子吃驚地盯著藍子看。

「有可能跟我一直以來都單身有關係，我不太喜歡讓別人進入到我的私人領域。」

藍子看似過意不去地這麼說。「幾十年來我過的都是這樣自由自在的生活。」

想都沒想過藍子會拒絕。說實話自己可是抱定了決心要借住在藍子家才出門的。自己彷彿容易受傷的青少年一樣，情緒變得很低落。

「東洋子妳不要介意啊。」

「沒這回事，我才不好意思，這麼厚臉皮。」

「車站前有商務旅館喔，裝潢很漂亮又很乾淨。我記得是幾年前的事吧，我還在唸短大時的恩師舉辦了一場出版紀念派對，從外縣市過來的同學晚上就住那，所以還算熟。」

「商務旅館啊……」

「跟一般飯店比起來價格比較便宜喔，我記得一晚好像是六千日圓左右。」

「錢不是問題，我有帶錢在身上，只是我不曾一個人去住過飯店。」

「這樣啊，那剛好讓妳增廣見聞。」

看得出來面對自己這個落魄的悲慘女人，藍子的煩躁已經到達極限了。

兩人彼此的生活態度產生了很大的鴻溝，已經無法再像高中時感情那麼要好了。自己真的變了那麼多嗎？

小時候的玩伴是相當與眾不同的存在，昭和時代的福井小漁村的風氣、彼此的家庭歷史跟家人、從幼稚園到高中為止共同的同學……在彼此生命中有太多毋須言語說明就能理解的東西了。但是隨著時間流逝，兩人的關係就逐漸變了調。彼此在不同環境下所生活的時間愈長，價值觀和感性也隨之改變，可以有所共鳴的事物似乎也明顯地減少。

「不過真的是很意外，東洋子妳看起來跟我想像的完全不一樣。我以為妳生兒育女後一定是家中的太陽，佔據了領導地位，所以……」

「所以什麼？」

「覺得妳不會因為一點小事就畏縮，應該是要更有自信的，而且……」

「而且什麼？什麼啦，妳說清楚。」

「那我就直說了，妳穿這樣不管到哪去都會被人側目的。」

「我穿這樣那麼怪嗎？」

「不管是那個過時的波士頓包，還是大墊肩的舊西裝外套，都讓妳看起來就像是個剛從鄉下來、搞不清楚狀況又一臉不安的女人。但是那種畏縮樣是年輕女生的專利，社會是會同情這樣的女孩子的，有時可能還會有不安好心的壞男人裝作親切地自己靠上來。但假設換成是中年婦女的話，周圍的人警戒心都會很強的。」

「警戒心很強？是要警戒什麼？」

「他們會瞬間察覺到跟妳扯上關係的話會很麻煩。妳的行李應該要先放在置物櫃，有錢的話買套新的，把現在這件外套換掉如何？還有妳的妝也得換一下，現在根本就不會有人擦藍色眼影了，妳這樣看起來好像時光倒流到四十年前一樣，跟七〇年代的流行沒兩樣。」

藍子一臉同情地說。

東洋子在感到吃驚的同時也覺得生氣。

「今晚我就睡商務旅館，我也會在今天之內找到房子簽約的。」

忍不住在自己同學的面前逞了強。

內心的情緒一來，多餘的自尊心也跟著一起湧了上來。

「妳要這樣喔？那我陪妳一起去房仲公司。」

沒想到藍子會這樣講。有她在身邊是會比較安心，不過……

「這樣不好，藍子妳也忙。」

「感覺挺有趣的，小事一樁。」

兩人出了咖啡店，在路上走著。

「那間店如何？」

藍子手指的是一間有著玻璃外牆和明亮氛圍的房仲公司。

「嗯，看起來不錯，進去問問看吧。」

如果自己一個人的話肯定無法像這樣馬上下決定，在遲遲無法下定決心是否進去後。

——今天還是先算了吧。

感覺應該會變成這樣。

「東洋子，妳最好先別住到住宅區去。自己一個人的話住在嘈雜的市區心情會比較輕鬆。」

東洋子翻了翻店內刊登了出租資訊的目錄，新宿、澀谷還有池袋的房租太貴了租不起。藍子好像年輕時貸了三十年的房貸，買了間一房一廳的房子，但自己可是想都別想。

「您想找什麼樣的房子呢？」

胖嘟嘟的男店員這麼問道。他應該是四十五歲以上的人吧。

「位在市中心、房租便宜的房子。」

藍子條列出這些東洋子覺得很不謹慎的條件。

就在東洋子感到傻眼的同時，店員回答道：「有是有。」

「這一間怎麼樣呢？」

店員遞上來的平面圖是有一個廚房的套房，上頭還附有建築物的外觀照。是一棟相當有昭和年代氣息的砂漿木造公寓，上頭寫著「上野莊」。距離上野車站步行只要八分鐘，交通非常方便，就座落於商業大樓和高樓大廈之間。在高樓環繞下，這棟公寓彷彿像一棟倖存下來的建築。

「急著找房子的客人的話我很推薦這裡，最近這種房租便宜的案子已經很少見了，只要一有空出來馬上就被租走了。請問是哪一位要租呢？是您的小孩嗎？」

對方好像以為自己是要找學生住的單人房。

「是我要租的。」

「您是要一個人住嗎？恕我失禮，請問您在哪裡高就？」

「我是家庭主婦。」

店員明顯地露出了不悅的表情。

「是以您先生的名義來租的嗎?」

「不,是以我個人的名義。」

「嗯……那有點困難喔,您沒有收入吧。」

店員的口氣頓時變得不客氣起來。

「我來當她的保證人。」

藍子拿出自己公司的證件給店員看。

「我看一下。」

店員接過工作證件仔細端詳。「噢,您在不錯的公司高就呢。」

藍子任職的公司是舊財團的轉乘包公司,所以公司名稱上也冠有那個舊財團名稱。

店員的表情變得稍微柔和了一些,好似說明了藍子的社會地位高於自己。自己因為是「寶田靜夫的妻子」所以才能在社會上獲取信任;一旦脫離了這個身分,就會淪落為「來路不明的女人」。

「這個公司證件借我影印一下,另外,麻煩您先付清前六個月的房租。」

「要付到六個月?」

藍子不服氣地反問。

「這年頭什麼樣的人都有嘛。」

店員似乎在揣測東洋子的財力似地觀察她的表情。

自己看起來像是那麼不值得信賴的人嗎?

「明白了,我付。」

押金跟禮金再加上預先付清的半年房租,錢包頓時縮水很多。冰箱還有電鍋之類的家電也必須買一買。

沒想到竟然就這樣決定住進一間公寓……。

*

話說回來,好久沒有關注澤田的部落格了。

現在時間已經過了晚上十二點,寶田正樹正漫不經心地用著電腦。

國中時明明感情那麼好。

對自己而言,一起共度青春期的這段回憶是一輩子都不會消逝的。只是自己還是無法打從心底祝福那傢伙順利找到新工作,真是個心胸狹窄的人。

算了，這也是沒辦法的事，朋友的光輝事蹟只會讓人覺得自己很悲慘而已。

不過好久沒關注他的部落格了，有點想看一下，說不定他現在每天都在自我嘲諷。是說現在已經覺得怎麼樣都無所謂了。

正樹點進了澤田的部落格。

——好想死好想死好想死！好想一死了之獲得解脫！

劈頭就是讓人相當震驚的一段話。

好像是昨天半夜寫的。

他是怎麼了？之前以正式員工身分被雇用還那麼高興的。

「我就說嘛。」

勉強自己工作是不會有什麼好下場的。

肯定是忙到過得都不像人了，我之前工作的地方就是這樣。然後老闆的性格還很扭曲對吧。

「應該是這樣吧？」

果然不管上哪工作都很可怕。

再看看前一天更新的內容。

——好累好累好累！我已經厭倦人生了！

昨天也只寫了一行。

那前天呢？

——明明就餓得半死卻什麼也不想吃，吃下去就吐出來，我受不了了。

正樹心中浮現不好的預感。

他已經沒有餘力可以像以前那樣客觀地帶著自嘲的語氣去描寫職場上的霸凌，更新的時段都是半夜接近清晨左右。

但是每天都只有一行讓人搞不清他究竟發生了什麼事。

從他開始在家電量販店工作那時開始看起吧。不這樣的話就無法掌握澤田目前的狀況，正樹心中這麼想著，用最快的速度瀏覽著部落格。

他的意氣風發似乎只維持在剛開始的第一週，之後部落格就沒有那麼頻繁更新，這幾天則是一天只寫一行。

他沒事吧？是不是碰上什麼不好的事了？

只是……這也不是自己該去多管的閒事。

最後一次見到澤田是在國中的畢業典禮上，所以已經有將近十五年沒見了。澤田這傢伙是個善解人意的好人，這十五年來肯定交了很多朋友，應該也有女朋友，怎麼想都沒有自己登場的必要。

正樹躺上床去開始讀推理小說，但是一顆心卻定不下來。字是看進去了，但卻完全沒把內容給讀進去。

等等，不對，澤田有很多朋友嗎？

如果他身邊有許多好朋友的話，會像這樣把想法宣洩在部落格上嗎？他會這樣寫部落格不就表示他是很孤獨的嗎？

正樹有點在意，又再一次點開了澤田的部落格。

結果看到了他今天的更新內容。

——救我！

就在下一個瞬間，正樹不禁站起身來。

在這個廣大的世界中，察覺到澤田不對勁的可能只有自己一個人。

突然坐立難安了起來。

澤田在吶喊著。

他正在尋求援助。

正樹看了看時鐘，現在時間是晚上十二點半，他在T恤外套上了藍色的連帽上衣，悄悄地下了樓，一聲不響地關上了大門，踩上腳踏車開始在記憶裡搜尋。自己在國中時只去過澤田家一次。澤田他媽在超市當收銀員，但好像剛好那天排休所以人在家裡。他媽媽素著一張臉沒有化妝，是個樸素、身材嬌小的人。他到現在都還印象深刻的是：他媽媽端出來的點心既不是餅乾也不是蛋糕，而是炸雞塊。那時剛好是傍晚放學回家、肚子正餓的時候，所以看到炸雞塊非常開心。「謝謝你過來玩，看阿登交到那麼好的朋友我就放心了。」他媽媽嘴上反覆這麼說著。澤田也看起來一臉得意地說：「我媽炸的雞塊超好吃。」

那時他們是住在沒有電梯、相當老舊的集合住宅五樓，現在不曉得是不是還住在同一個地方。

正樹過了橋，騎過了環狀八號線。因為平常運動量不足，一旦使出了全力來踩就覺得腳好像就要抽筋一樣。

啊，那個公園……有印象以前看過。

兩盞路燈照在盪鞦韆上。他們兩個人以前曾坐在那裡的盪鞦韆上，滔滔不絕地談論蒸汽火車。

然後，沒錯沒錯，有一個佐佐木腸胃科的藍色招牌，經過那個浸信會的教堂後應該馬上就到了。

正樹放慢了速度。

找到了！

五層樓高的集合住宅，外牆不曉得是不是重新粉刷過了，看起來比以前還要新。

記得澤田他家是在靠裡面那一棟的五樓。

因為是半夜，所以正樹放低腳步聲上了樓梯。

嗯？門牌已經不是「澤田」了。可能搞錯間了。正樹心中這麼想著，巡視了各間房的門牌，沒有一間上頭是寫著「澤田」的。

距離當年已經過了十五年了。

那傢伙現在人究竟在哪裡？

我該問誰才好？

正樹急急忙忙地趕回家，翻開了國中的畢業紀念冊。

他滿懷期待地掃視過所有人的大頭照，但是現在沒有跟上頭的任何人有聯繫。

從第三中學升學到開城高中的只有自己一個人。因為那所高中位於橫濱，每天早上都必須很早就出門，也因此鮮少有機會碰到國中同學，彼此就這樣逐漸疏遠。

此外為了保護個資，紀念冊上並沒有記載地址跟電話號碼。

怎麼辦？

現在只能乾著急。

就在此時，正樹的視線落到了便利商店的塑膠袋上。

啊，對了！

峰千鶴在國中時是田徑隊的，澤田也是。也就是說，向千鶴探聽的話說不定會有什麼眉目。

正樹闔上了畢業紀念冊，急忙站起身來。

但是跟千鶴進一步聯繫的話，自己現在沒工作這件事可能會穿幫，她肯定會瞧不起沒有工作的男人。

但現在是在意這種事的時候嗎？

此時此刻，澤田身在何處、又在做些什麼？他還活著嗎？

正樹急急忙忙拉開抽屜，搜索著名片。

「找到了！」

看了時鐘一眼，現在是凌晨兩點。雖然知道這個時段打電話過去不好，但實在是太擔心澤田了。

說不定他現在正準備在自己的房間內準備上吊，這樣的畫面閃過自己的腦海。

他知道自己這樣做相當沒有常識。

但還是一鼓作氣試著撥了電話給千鶴。

電話聲持續作響。

——喂，「裝潢店・峰」你好……

千鶴的聲音聽起來相當睏。

「這個時間打電話過去真的是很抱歉。」

——呃，請問是哪位？

「我是寶田。」

——寶田？怎麼了？

感覺千鶴突然醒了過來，聲音也變得有精神，讓人鬆了一口氣。

「有件事有點突然，妳還記得田徑隊的澤田嗎？」

——當然呀，我高中時還跟他同班呢，前陣子也才在車站看到他。

「真的嗎？」

這樣的話事情就好辦了。

——澤田他怎麼了嗎？

正樹將自己在部落格上所獲取到的資訊簡要地告訴千鶴。

「他今天只寫了『救我』兩個字。」

——所以你才這樣慌慌張張地打電話來對吧，你等一下喔，我現在先開電腦。記得好像是上個月，我在車站看到澤田時有跟他打招呼，他不曉得是心不在焉還是很累，總之整個人很恍神。啊對了，他變得好瘦，嚇了我一大跳。

「剛剛我去他家看了一下，門牌已經不是『澤田』了。」

——他家？

「就是過了環八後，往醫院跟教堂方向再往前走一小段的地方。」

——總之你先別慌，他應該很早以前就搬走了。寶田你國中時跟他那麼要好怎麼會不知道他搬家了？

「其實我們在國中畢業前夕吵架，之後就再也沒說過話了。」

——也就是說你們十五年來都沒有見過面？

「對，就是這麼一回事。」

——寶田你果然人很好呢。

「人很好？我嗎？」

自己只是一個見不得別人好的小家子氣男人。

「妳過獎了。」

——因為一般來說不會有人只因為讀到「救我」這兩個字就在半夜死命去探聽對方的下落。我還真是羨慕澤田，要是我哪天突然消失了，應該沒有朋友會這麼擔心我，頂多會打電話過來關心而已吧。

「因為我不曉得澤田的手機號碼。」

——我不是這個意思。正常來說，連對方的地址跟電話都不曉得的交情，是不會這樣四處去找的吧。而且還是在這樣的三更半夜，會擔心成這樣的也只有家人而已。寶田你果然跟我想像中的一模一樣，乍看之下雖然是冷漠的人，但其實是很熱心的。

「呃，是這樣的嗎……」

——啊，找到了。我找到澤田的部落格了。對了，你該不會沒聽說澤田他爸還不了債就人間蒸發這件事吧？

「人間蒸發？我沒聽說過。」

根據千鶴的情報，澤田的雙親在他國中畢業前離婚，媽媽好像離家出走了。然後就在他高中畢業前夕，他爸因為無法償還消費者信貸而下落不明。也因此澤田雖然成績優秀，卻無法繼續唸大學，當時又是就業冰河期，企業不開正式員工的缺，他好像就這樣變成打工族了。

——然後現在是被M電機以正式員工身分雇用對吧，然後在那之後……

千鶴好像正在快速地瀏覽澤田的部落格。

——M電機指的肯定是那家以便宜出了名的「未來電機」吧，上頭寫著他變成了電視機賣場的主任。這樣的話，除了跑一趟那裡的賣場也沒其他辦法了吧？如果是明天上午的話，我可以讓員工幫忙看一下店溜出去，你不嫌棄的話我可以陪你去。

「明天啊……」

明天再去會不會來不及？部落格上寫著「救我」。

現在這個當下澤田在自己房裡……。只要一想像就無法冷靜下來。

——但除了等到早上也沒其他辦法了，不是嗎？

「可是……」

——幾天前我還有在車站看到澤田，很有可能就住那附近，但事實上我們不可能這樣大半夜地挨家挨戶去找。

「但是……」

——搞不好人家還會通報警察。

「……妳說得也對。」

——話說回來寶田，明天是平日你工作沒關係嗎？

「其實我現在沒在上班，正在找工作。」

——我那時也覺得是這樣。那就早上九點在車站的剪票口見吧。

剛開店的未來電機池袋店內擠滿了大批的客人。

走在自己前面的千鶴突然停下了腳步，害得正樹差點撞上她。

「他就在那裡。」

「哪裡？澤田在哪裡？」

正樹循著千鶴的視線看過去。

「就是那個人呀，站在右邊那個。」

「什麼？」

就連遠看都覺得他的胸膛很薄，瘦成了皮包骨，但是臉卻圓得不得了，浮腫得相當厲害。

國中時的澤田長得很可愛，在學妹們之間很受歡迎的；但現在的他卻完全讓人完全無法聯想到過往。

但是他還活著。

真是太好了。

千鶴毫不遲疑地邁步走向澤田。

「不好意思。」

轉過頭來的澤田表情看起來相當空洞。

「澤田，你今天工作到幾點？」

聽到了聲音澤田才看向千鶴的臉。

「啊。」

澤田瞪大了眼睛，輪流看著千鶴跟正樹的臉。

「下班後要不要一起去喝杯茶？」

千鶴手指著電視小聲地這麼問道。她應該是顧慮到要讓自己看起來像是客人。這個時候客人接二連三地湧進來想買特價商品，店員要是被以為在跟朋友閒聊摸魚的話，肯定會造成澤田的困擾的。

「我想大概兩點結束。」

「那還滿早的嘛，你今天是早班嗎？那下班後如何？」

「不是下午兩點，是凌晨兩點。」

「澤田，你是每天都這樣加班到凌晨嗎？」

正樹模仿千鶴，用手指著商品這麼問道。

「嗯，我工作很忙的。」

就在這個瞬間，大顆的淚珠從澤田的眼中湧出，匯流成好幾道眼淚。

但是他並非哭喪著臉，他的臉上毫無表情，只有眼淚不斷湧出。正樹看到這樣的異常光景吃了一驚，忍不住看向千鶴，而她也是屏息直盯著澤田看。

「抱歉。」

澤田這麼說完後就準備走開。

但是千鶴馬上抓住他的手臂，追問出了他住的公寓名稱。

第四章　漫不在乎的男人們

澤田住在一間有三坪大小的房間外加廚房跟衛浴的公寓。

因為聽他說星期三休息，正樹就跟千鶴兩人便不請自來。在過來的路上，兩人順道在便利商店買了酒跟下酒菜，千鶴還把自己在家煮的關東煮給一整鍋都帶了過來。

「沒想到未來電機是那麼惡質的企業，我以前都不曉得。」

聽澤田說得愈多就愈覺得可怕。說是正式員工也不過就是名義上而已，把工資換算成時薪的話，簡直低到讓人覺得恐怖。此外，因為薪水年是採年薪制，所以也沒有加班費可以領。千鶴從口風很緊的澤田口中追問出了他們一整天下來相當操的工作流程。根據澤田所說，他們早上八點半上班，在九點開始的會議上各部門必須輪流報告前一天的業績，沒有達標的部門就會慘遭店長痛罵。澤田不太願意多說，但從他的表情看來，店長罵人應該是相當不留情的。

會議結束後就要馬上準備開店。到了十點，在門口等候許久的客人們就會一窩蜂地湧進來。他們的店面是有著八層樓、賣場面積相當大的分店，但是員工人數似乎壓倒性地不足，也因此他們為了招呼客人總是得東奔西跑的。午休時間也無法徹底地好好休息，下午一樣是在遼闊的賣場內奔波，然後到了九點才總算關門。關門後就開始計算當天的業績、準備隔天早上的會議報告資料、比較同業對手的價格跟服務、摺夾頁廣告、變更商品的擺放方式或是補貨到架上。此外，針對容易遭竊的小型商品，他們還得每天盤點確認是否有被偷摸走。據說下班時通常都已經超過凌晨一點，一整天下來能夠休息的只有中午的四十分鐘而已。傍晚雖然也有十五分鐘的休息時間，但頂多也只能喝杯咖啡而已，根本沒辦法吃飯。

「真是無法置信，這未免也太不人道了。」

千鶴動了怒。「也就是說澤田你每天幾乎從早上八點半站到凌晨一點多，忙得像個陀螺一樣對吧。」

回到家後吃晚餐、洗澡、洗完衣服後，就已經到三點多了，睡眠時間簡直少得可憐。

「這也太誇張了吧，根本沒時間睡覺嘛。」

千鶴這麼說著，視線停駐在房間一角後不發一語，正樹見狀循著她的視線望過去，發現房內那張永遠是鋪著的墊被上的枕頭邊擺了六個鬧鐘。

正樹感到相當震驚。

「澤田，你再這樣下去遲早會過勞死的。」

「上個月就有兩個人死了。」

澤田面不改色地說道。

「欸，澤田你認真聽我說，這樣下去你真的會死的，我勸你還是辭職比較好。」

「要我辭職是不可能的，我可是有生以來第一次當上正式員工，這可是奇蹟。這樣的機會不會再有第二次了，要我放棄是不可能的。」

「但我不是說了嗎，這種要人命的超長工時跟叫人不敢置信的低薪，怎麼想都覺得打工都還勝過你這份工作。」

「當正式員工未來比較有保障……」

「我跟你說呀澤田，你死了的話就沒有未來可言了。」

正樹聽著兩人的對話，心中湧現一股如同怒火般、對於這個社會的熊熊憤怒。

「澤田，這樣的公司愈早辭愈好。」

「辭掉的話我有飯吃嗎？」

澤田一副事不關己的樣子，用絲毫沒有元氣的聲音這麼問道，呆呆地望著千鶴。「喔，原來如此，過勞死的話就不用擔心有沒有飯吃了嘛。」

不曉得澤田是在開玩笑還是當真，他面無表情地這麼說。

「澤田，總之你辭了就對了。你還真是奇怪耶，辭掉工作後的事就等辭了之後再去煩惱不就好了，總是會有出路的。」

聽正樹這麼說完後，澤田的臉上首度有了表情。他那歪嘴的樣子讓人感受到悲哀跟嘲諷。

「那是因為你是寶田家的少爺，所以就算不工作也能有出路。我可不像你有爸媽或是兄弟姊妹可以依賴。」

「可是澤田，你再這樣下去的話……」

「寶田，你是要我去當遊民嗎？」

澤田冷冷地這樣說。

正當正樹不曉得該怎麼回話的當下，

「當遊民還好一點呢。」

千鶴果斷地這麼說。「至少遊民不會過勞死。」

「確實如此。」

澤田這麼說完淺淺地笑了一下。「但是我無法背叛他們。」

他低聲地繼續說道。「要是我離職的話，同事們會怨恨我的。」

「現在的你沒有那樣的閒功夫去擔心別人。」

「說實話我覺得每個人都想離職，但是一想到會給夥伴們添麻煩就走不了。」

「澤田，他們這樣不是比新興宗教還惡質嗎？」

「妳要這麼說的話也是。」

「難道沒有方法能改善你們的職場環境嗎？你們這樣跟奴隸有什麼區別？」

「那是不可能的，未來電機內部沒有組織工會。」

「那你是打算今後就一直做下去嗎？」

「我什麼打算都沒有，就說了是辭不掉這份工作。」

「你這人真的很頑固耶。」

千鶴大大地嘆了一口氣，將冒著熱氣、看起很美味的白蘿蔔放到澤田的盤子上。但是澤田看起來沒有要吃的意思。

「從剛剛開始就我一個人在吃，澤田你也吃嘛，很好吃的。」

「喔，聽你這樣說真開心。」

千鶴看似害羞地笑了笑。

「這是千鶴妳自己煮的嗎？」

「當然呀，我媽已經過世了，我爸正在住院，現在我自己一個人住，所以煮了一大鍋之後整整三天都一直在吃關東煮。雖然到了第三天吃都吃膩了，但還是自己煮比較省。而且只要開一次伙，接下來的兩天就都不用做菜，可以有效運用時間。」

有效運用時間……

千鶴這番話帶給了正樹衝擊。自己已經很久沒有想過有效利用時間這件事了，別說是有效利用了，心裡想的只是希望一天可以趕快過去。

「澤田你應該沒有時間自己下廚吧。」

「沒有，光是要確保足夠睡眠時間都來不及了。不過其實我是很喜歡做菜的，在進入未來電機之前我不但會自己下廚，偶爾還會烤餅乾。」

澤田這麼說著，靦腆地笑了笑，接著用筷子將白蘿蔔掰成小塊吃了一口。澤田看起來稍稍敞開了心房。

「現實問題是我離職的話真的會很慘。」

「你是沒錢嗎？」千鶴這麼問。

「下個月的房租應該還繳得出來，但再下個月的話有點不妙。」

「這裡那麼舊又那麼小……」

千鶴毫無顧忌地環視了房間。「不過離車站很近，七萬日圓的話還租不起吧。」

「房租是八萬兩千日圓。」

「這樣啊，果然不便宜。」

「不過電費跟瓦斯費不怎麼需要繳，畢竟我待在家的時間很少。」

「這種事一點也不值得開心好嗎？」

正樹插不上一句話，只能聽他們兩個人講。自己對於租房子的行情一無所知，水電瓦斯費需要繳多少也完全沒有概念。

我過著不用擔心房租也不用擔心水電瓦斯費的生活……。

他們兩人要是知道的話肯定會瞧不起我。

澤田跟千鶴兩人看起來都是不折不扣的大人。自己都已經要三十歲了，既長不大又沒有工作，而且可能還比自己所想像的更缺乏生活常識，變成了一個丟臉的大人。沒想到現在自己就不折不扣變成了學生時期時最看不起的那種大人。

「這已經毫無企業倫理可言了嘛。」

聽到千鶴忿忿不平地這麼說，感覺自己總算可以加入對話了。自己還滿擅長談論這種有關社會結構的話題。

「我也這麼覺得，真的讓人很火大。未來電機的營收好像很不錯，這種企業就只是在助長貧富差距嘛。」

聽到正樹這麼說，澤田輕聲笑了出來。

「貧富差距又不是這年頭才有的事，是從很久以前就存在的問題了。像我家到我爸媽那一代就不行了，不，大概祖先世世代代都很窮吧，跟寶田你家可是不一樣的。我們雖然是同學，家庭環境卻有著天壤之別，要打比方的話，我就是雜草，寶田你可是溫室裡的花朵。」

貧富差距……這句話對自己來說只是做為知識理解的概念，根本不曾親身體會過。

但是現在自己眼前的人是從小就每天深刻體驗著這個概念活過來的。

——自己說不定根本一點都不了解這個社會。

「雜草因為很羨慕溫室，所以總是無意識地偷偷觀察溫室的生活，但是溫室裡的花朵卻對於雜草的生活毫無興趣。寶田，你就是這樣的人。」

「啊。」

國中畢業前夕發生的那件事，現在道歉還來得及嗎？

「不過寶田我要謝謝你。」

「謝什麼？」

「謝你大半夜地到處找我，說實話我很開心，想到在這個世界上還是有人這麼關心我……」

澤田說不下去了。不曉得是不是因為害羞，他像要轉移焦點似地用力咳嗽。

「你就試著做點什麼吧。」千鶴這麼說。

「我就說了那是不可能的，未來電機內部連工會都……」

「你一直糾結在這種小事上情況是不會有所改善的，那就年輕人自己組織怎麼樣？這樣下去的話，就算七十歲死亡法開始施行了日本也不會變好的，現在正是挺身對抗的時候。」

這結論未免跳得太快，澤田跟正樹都愣愣地看著千鶴。

結果這一天，澤田還是沒有輕易被說服。

從澤田家回去的路上，正樹跟千鶴約好了今後也要持續說服他後才道別。

正樹因為肚子餓看了好幾次時鐘。

早就過了晚飯時間，母親還是沒有端飯上來，以前不曾這樣子的。

不曉得是去哪裡買東西耽擱到了，還是被奶奶使喚在樓下東忙西忙的。

到了冬天，母親常會端火鍋上來二樓給自己。在開始變得不出房門後，母親就買了一人份的土鍋跟南部鐵器所製成的小壽喜燒鍋。今晚有可能是吃一人壽喜燒，正樹想像著一下冒著熱氣的壽喜燒，臉上不禁浮現了笑容。

不過這一人壽喜燒未免也太慢了吧。

正樹不出聲響地打開了門，躡手躡腳地走在走廊上，朝樓梯下方窺探。從剛剛開始他就這樣子觀察了樓下好幾次，一樓卻還是一樣靜悄悄的。感覺好像一個人都不在，不過至少奶奶是一定在的，她應該正在睡覺吧。

老爸因為七十歲死亡法而選擇提前退休，已經出門環遊世界去了，還真是悠哉呢，就是因為中老年人都這樣日本才會沉淪。只要一有個什麼他們就會說「現在的年輕人喔」，但自己才想回他們「那你們又好到哪裡去」。

嗯？話說回來今天奶奶的呼叫鈴是不是一次都沒響過？好像也沒聽見她大喊媽的聲音，是怎麼了嗎？

算了，這與我無關。

家裡有之前剩下來的菠蘿麵包，冰箱裡頭也有起司、牛肉乾跟冰淇淋。

正樹一一掃光這些東西後，覺得吃不吃晚餐已經無所謂了。

看看電視、上上網，時間一下就過去了。回過神來日期已經來到隔天了。

最近的深夜節目都很無聊，只能說觀眾也太不挑了。正樹不斷轉換著頻道，卻找不到一個值得看的節目，但是關掉電視的話房間就會陷入死寂，所以他無法關上電視。

「好吧，來洗澡吧。」

正樹這麼說著起了身。

才走出房門就冷得直發抖。這種時候就會感嘆自己已經不年輕了，雖然還只是二十來歲的人，但十來歲那時想都沒想過自己會想要好好泡澡暖身。

下了樓梯經過廚房時，正樹突然停下了腳步。平常的話廚房總是會傳來一些什麼味道，醬油啊、味噌啊、蔥啊還是飯的味道，但是今天卻一點味道也沒有。

踏進廚房打開電燈一看，裡頭井然有序、乾乾淨淨的。家裡在五年前曾重新翻修過一次，但因為母親很愛乾淨，系統櫥櫃看起來依舊閃閃發亮、跟新的沒有兩樣。

不，不對。這個廚房與其說是母親愛乾淨……總覺得有哪裡不太對勁。

流理臺裡一滴水珠都沒有，該不會是從好幾天前就沒有在用了？不過想到這幾天自己的晚飯要不就是便利商店的便當、要不就是外食，這也沒什麼好大驚小怪的。

脫掉衣服進了浴室後感覺好冷，這裡也是一滴水珠也沒有，一看就知道今晚一個人都沒進來過。奶奶因為沒辦法泡澡，所以每天都是讓媽幫她擦身體。聽說奶奶她說要在素昧生平的人面前脫光光倒不如要她死了算了，所以不接受幫忙老人家入浴的到府服務。

但是媽呢？難得她不洗澡就去睡了。

沖熱水澡很舒服，但是愈沖就愈感覺到身體內部的冷，真想馬上進浴缸泡澡。家中重新整修那時，依父親的要求把浴室給拓寬的關係，整個浴室裡頭並不會因為沖一下澡就暖和起來。

正樹快速地洗完頭，俐落地洗乾淨了身體。

就在他掀開浴缸的蓋子，將一隻腳整個放進去的瞬間。

「哇！」

他忍不住慘叫了一聲。

水是冰的。

什麼嘛，竟然沒有放熱的洗澡水。

正樹發著抖將浴缸的水塞給拔掉，又沖了一次熱水澡。只沖澡的話身體是無法由裡到外都暖起來的，但就這樣出去也會冷。就在正樹心中一邊這麼想、一邊拖拖拉拉地沖著澡時，好像聽到了什麼聲音。一開始他還以為是自己聽錯，但因為持續聽到了好幾聲，於是便將水龍頭給關上。

「東、洋、子——」

是奶奶在叫，伴隨著她的呼喚，鈴聲也隨之響起。

每次都這樣，特別是因為半夜比較安靜，那聲音都會傳到二樓自己的房間來，還曾經因為奶奶尖銳的呼喚聲被吵醒過。

用浴巾擦拭身體的同時，奶奶的聲音也停了下來。應該是媽過去探視情況了吧。

正樹發著抖穿上了運動服。

「東洋子妳馬上給我過來！」

這次的聲音更為尖銳，而且口氣還相當不客氣，奶奶該不會是開始癡呆了？

正樹出了浴室想到廚房拿點喝的，才剛踏到走廊上，就聽到了「東洋子！」這樣的咆哮聲。

媽是怎麼了，是睡著了嗎？

正樹上了二樓敲了敲父母的房門，但是沒人應聲。

「媽，奶奶在叫妳喔。」

打開門一看，裡頭黑漆漆的。

按了一下牆上的開關，室內馬上亮了起來，母親不在房間。房裡也跟廚房一樣收拾得一塵不染。正樹抬頭看了一眼牆壁上的時鐘，時針指向凌晨一點半。

通往置物間的拉門也是開著的，已經好久沒有進來置物間了，總覺得有點乾淨整齊過了頭了，記得以前裡頭東西是塞得滿滿的。

此時正樹突然有不好的預感，於是將眼前衣櫥的抽屜拉開來看。

「不會吧？」

裡頭空空的。

他緊接著把第二層抽屜也拉開來看。

「怎麼會？」

裡頭也是空的。

正樹將抽屜一層接著一層拉開，總算在第五層才看到塞得滿滿的衣物。不過，那些都是父親跟奶奶的衣服，母親的衣服跟包包都不見了。

「東洋子——」

這聲音都乾啞了，好似一隻狗在遠吠一樣。

正樹快步下了樓梯，急忙往奶奶房間趕過去。

一打開門，奶奶正躺在床上狠狠地瞪向自己。

好久沒看到奶奶了，她胖到差點都要認不出來了。

「唉呀，這不是正樹嗎。」

奶奶臉上突然浮現了笑容，架在床上的可動式桌子上放著吃剩的便利商店便當跟綠茶的寶特瓶。奶奶跟便利商店的便當這樣的組合非常怪異，再加上向來對茶很講究的老人家喝的竟然還是瓶裝的綠茶，更加顯得違和。

「好久沒看到你了呢，正樹你看起來挺有精神的嘛。」

聽她這麼說一點都不開心。

「在的話怎麼不馬上來呢？我都叫好久了。」

「誰叫妳每晚都這樣叫，每次都叫得好像是什麼緊急狀況一樣。」

「你怎麼這樣說呢，我才沒叫得那麼大聲呢。」

「我感覺就連街坊鄰居都聽得見。」

「不會吧，真的嗎？」

自己好像說了不該說的話，奶奶一臉受傷的表情。

「話說回來東洋子是怎麼了？」

「她好像不在家，搞不好是離家出走了？」

「怎麼可能，她才沒有其他地方好去，再說她也沒在賺錢，要靠什麼活？她應該是在二樓睡死了吧。」

「我就說了她不在二樓嘛，奶奶最後一次看到媽是什麼時候？」

「她拿午飯進來後就再也沒看到她了。我跟她說便利商店的便當太難吃無法下嚥，她就一臉不高興，一句話也不說，我還是第一次看她這樣。」

「奶奶妳今天好難得，一次鈴都沒有按。」

「對呀，我想裝死試探東洋子，看她會不會擔心我過來看，結果她連晚飯都沒送來，真是是傻眼到無話可說。」

奶奶的語氣很激動，但視線卻飄忽不定，看起來既不安又如坐針氈。

「如果沒吃晚飯的話，肚子應該很餓吧。雖然已經半夜了，要不要我幫妳買麵包回來？」

「在那之前……」

「在那之前？」

「沒事，還是算了。」

「什麼嘛，奶奶妳就明說嘛。」

「這件事有點難以啟齒……可不可以幫我換尿布？」

「不會吧，你叫我？」

「我也不想讓男孩子來幫我換呀，但我覺得很不舒服，已經到了極限了。」

「妳這樣講我也……」

「快點啦，你們年輕人哪明白一直穿著濕尿布有多可憐，乾淨的尿布就放在那裡。」

奶奶這麼說指向了房間的角落。「還發什麼愣，快點呀。」

奶奶的聲音開始聽起來不開心了。正樹看了她一眼，她看起來很懊惱地咬著嘴唇。

「正樹你快一點！」

這不是以前的奶奶，小時候她疼自己疼得不得了，以前她那種可以包容一切的溫柔現在不曉得消失到哪去了。

「我知道了啦。」

正樹掀開棉被撕開了尿布，一股濃烈的臭氣撲鼻而來。尿布沉甸甸的。

奶奶從枕頭邊抽了一張大張的濕紙巾，迅速地擦拭自己胯下周邊。

「正樹呀，健康都是要等到失去了才能體會到它的可貴。」

這句話雖然是老生常談，但正樹聽了一點感覺都沒有。

「正樹你每天都待在家嗎？」

「嗯，跟奶奶妳一樣啊。」

「才不一樣呢，你想出門的話就可以外出，跟我這種是因為身體不聽使喚逼不得已待在家裡的人完全不一樣。你想像一下，要是你也一整天躺在床上的話會怎麼樣。」

就連廁所也去不了，還得求人幫自己換尿布。

「原來如此……」

毫無自尊可言。

如果每次要人家幫自己換尿布時，都得先拜託、說聲對不起，最後還要道謝的話感覺會更悲慘。

所以奶奶才老是這樣頤指氣使的啊。

＊

今天白天有園藝公司的人來修剪特別養護老人中心院內的樹，不曉得是不是明天也還會來，剪下來的枝葉就這樣放置在院子裡。

寶田桃佳在夕陽西下時步入了院子，撿了幾株長有紅色果實的南天竹樹枝。

自從上次以來，每次跟福田亮一在走廊擦身而過時兩人都會稍微寒暄一下，幾次寒暄下來，知道他比自己大四歲，今年三十四歲，一個人住在荒川區的公寓。

這天工作結束後，桃佳前往一號大樓亮一奶奶的房間一看，果不其然他正在裡頭。

「這個可以裝飾在房裡嗎？」

桃佳將插在小花瓶裡頭的南天竹遞給亮一。

「好漂亮。」

亮一將南天竹接了過來，擺在窗邊。不曉得是不是自己的錯覺，亮一奶奶的表情看起來變得比較柔和了。

正當桃佳下班後在工作人員專用通道口換鞋子時，後方有人叫了聲「寶田」。轉過頭去，亮一正站在那。

「回程要不要順道一起去喝杯茶？」

桃佳臉上不禁浮現了笑容。

「好呀，我奉陪。」

桃佳隨即這麼回覆。好開心。沒錯，自己滿是笑容地回覆他了。

以前年輕時明明喜歡還會故作矜持，因為太在意對方而顯得不自然，那是因為自己的期望總是太高了，老希望對方也能夠跟自己一樣開心。

但現在自己已經不年輕了，覺得保持自然就好，就像平常一樣就好。

——即使是單相思也無所謂。

這麼想就讓桃佳覺得心情輕鬆很多。

兩人走進了車站前的咖啡店，店內坐滿了身穿西裝的上班族跟女高中生，靠近裡頭的地方有個看起來比較安靜的位置，兩人便坐到那裡去。

「稍微比較適應這份工作了嗎？」

「還沒呢。」

「沒多久妳就會習慣了。」

「好，我會努力的。」

兩人之間陷入了沉默。

亮一好似想找話題一樣開始環視店內。

跟自己一起喝咖啡可能不是很有趣。

——桃佳，妳別退縮。

「我想讓你看個東西。」

桃佳這麼說著從包包裡取出了一張紙。「這是我在雜誌上看到的讀者投書，福田你有什麼想法呢？」

亮一接過這張紙，一手拿著咖啡開始讀。

——最近七十歲死亡法的話題鬧得沸沸揚揚，我現年七十五歲，所以再過兩年後就非死不可。這實在是太可笑了，瞧不起我們這些支撐起高度經濟成長世代的老人家也要有個限度。連我父親現年九十五歲也身體還是非常硬朗，是實際上過戰場的人。為什麼政府可以這麼輕易就切割我們這群為國家犧牲奉獻的人？我無法理解。馬飼野總理上任以來接二連三地施行了許多相當有意義的政策，我原本還以為日本的未來可以託付給這樣值得信賴的人，沒想到他是一個冒牌貨。我有一位往來多年的英國紳士朋友，他嘲笑日本政府相當膚淺，現在日本的臉都丟到全世界去了，真希望這個政府可以有點分寸。我因為憤怒手抖個不停，字才寫得那麼醜——

桃佳看著低頭讀著投書的亮一，他認真的表情看起來好帥氣。

「七反同盟的組織似乎愈來愈龐大了，我聽說他們已經募集到許多連署了。希望政府別受到這些運動的影響，畢竟國會議員為了獲得選民支持可是很賣命的，這條法案接下來會怎麼樣還有點難說。」

看來亮一也對這個話題很感興趣，桃佳鬆了一口氣。

兩人之間談論這種生硬的話題剛剛好。這樣一來不僅能了解亮一的想法跟人品，而且還能一起消磨好一段時間。而且，如果他覺得這樣互相討論很開心的話，之後可能還會時不時再邀自己出去。

「這條法案在正式實施前有可能被廢除嗎？」

「我覺得有可能，反對運動那麼如火如荼，政府不可能無視他們的存在的。而且，要廢除的話就一定得趕在正式實施以前，要不然實施幾年後才說要廢除就會很不公平。寶田妳也反對這條法案嗎？」

「沒有，我贊成這條法案。」

自己的奶奶跟亮一的奶奶都很長壽，但是媽也因此犧牲了自己的生活，亮一他奶奶也活得相當痛苦。

此外……

一直到這條法案制定以前，桃佳對於自己的老後都感到相當不安。雖然才三十出頭而已，根據以往的經驗，早就看破自己沒有異性緣，可能將來一輩子都不會結婚。如果沒有丈夫也沒有小孩，就這樣活到了一百歲該怎麼辦？究竟該存多少錢才能安心？就算有再多錢，存款總有一天還是會見底的。這麼一來就只能仰賴年金，但是年金可以領到多少？更重要的是，自己要是哪一天不能走路的話呢？如果老人院客滿住不進去的話呢？

愈想就愈覺得心情沉重，有一陣子晚上還因此而睡不著，但是自從七十歲死亡法制定以來，桃佳就瞬間從這樣的擔憂中獲得了解脫。

「福田你應該贊成這條法案吧。」

「要說贊成的話算是贊成。」

他這種含糊的回答讓人有些意外。「雖然我很希望將奶奶安樂死，但她走了以後我就真的是孑然一身了。她走了我會很寂寞的，雖然這不應該是一個三十好幾的男人該說的話。」

「對了，話說回來福田你有女朋友嗎？」

桃佳看似突然想到般地這麼問。

其實自己很怕聽到答案，因為這樣可能會親手剝奪掉在老人院工作的樂趣的。不過，比起哪一天他突然跟自己說「其實我下個月要結婚了」，還是先問了好。要放棄這個人的話，慢慢地一步一步來心理上也會比較輕鬆。

「我才剛被甩了。」

亮一這麼說著，看似落寞地笑了笑。從他那笑容可以明顯看出他所受的傷還沒完全癒合。

「不是你甩了她，而是你被甩嗎？」

「沒錯。」

「為什麼會被甩呢？」

「看不出來寶田是那種會抓著這種尷尬話題不放的人呢，妳的興趣是在別人的傷口上灑鹽嗎？」

亮一這麼說著，露出了苦笑。

「因為像福田那麼好的男人竟然會被甩掉，我很好奇她是什麼樣的女人。」

那個女人應該沒看過亮一工作的樣子吧，「不辭辛勞」這句話感覺就是用來描述亮一的工作態度，二十來歲的男員工們平常看起來也都相當尊敬、仰慕他。桃佳自己也是好幾次看見亮一的工作態度才驚覺自己是有多麼地漫不經心。

「謝謝妳，會這樣讚美我的也就只有寶田妳了。」

「才沒這回事呢，主任久子也常誇獎福田你喔。」

桃佳心想久子已經五十多歲了應該起不了什麼安慰的效果，於是便接著繼續說。「而且你也很受婆婆們歡迎喔。」

「聽妳這樣說我應該感到開心對吧。」

亮一這麼說道，綻放了露出潔白牙齒的爽朗笑容。

「但是，女人啊。」

亮一話還沒說完，表情突然變得很沉重，閉上了嘴。

「女人怎麼了？」

想聽他繼續說下去。

「嗯……女人都很實際的呢。」

「怎麼說？」

「與其說是實際，倒不如說是實際過了頭了。」

亮一究竟想說什麼？桃佳默默地喝著咖啡，等著他繼續說下去。

「她那種單純的個性我是很喜歡的。」

桃佳心中突然湧現了一股妒意。

男人口中的「單純的女人」是怎麼樣的人？

男人這種生物永遠都無法看破女人的演技的。

福田你也是這樣的人嗎？

自己已經開始討厭亮一的前女友了，雖然根本連見都沒見過。

真是一點都沒有長進啊。

「她很可愛的。」

「噢，真的呀。」

「啊，我指的不是長相喔，我是說她的個性。」

看他那樣慌亂地糾正——那其實就意味著她是長得很可愛的。只不過在一點都不漂亮的女生面前說這樣的話未免太傷人——自己竟然被顧慮到這種程度，實在有夠可憐。眼前的這個人打從出生以來就不曾被母親以外的人稱讚過可愛。

這點自己早就已經看開了。

這就是我。

毋須裝模作樣，做自己就好。

如果因為這點事就灰心喪志的話，以後是要怎麼活下去。

桃佳，擺出笑臉！

「實際過了頭是指什麼？」

「我們已經交往了三年，我就覺得理所當然是要結婚的，也自顧自地以為她也是這麼想的。所以我就在她生日那天跟她求婚了。」

看來他是跟女友求婚然後被拒絕了。

兩個人認識也不是一天兩天的事，彼此在想什麼應該都有個底才對。亮一應該是想自己向女友求婚的話，她應該會毫不猶豫地回說「我願意」。畢竟在他心目中女友是個「單純」的人，所以是不會拒絕他的，也沒有理由拒絕他。

但怎麼會呢？

「一談論到結婚，女人看的都是男人的前途跟經濟能力。」

「啊。」原來如此。

「寶田妳也是這樣嗎？」

「我？才沒有呢！我跟那樣的女人完全不一樣，我只要能跟喜歡的人結婚就心滿意足了，就算薪水少也無所謂，真的一點都無所謂的。如果薪水不夠的話我也一起工作就好了。」

回過神了才發現自己激動地說得滔滔不絕，而且聲音好像還很大，附近的客人都在往這裡看。

真是丟臉。

亮一不知何時用手拄著臉、正用很溫柔的笑臉直盯著自己看。

「抱歉。」

不用看鏡子就知道現在自己滿臉通紅。

如果地上有個洞的話真想鑽進去。

距離特別養護老人安養院電車車程三十分鐘的套房式公寓，其中一戶就是桃佳的小天地。

桃佳回到家後，從冰箱裡頭取出了保鮮盒。裡頭裝著的是今天早上出門前用薑汁跟酒還有醬油醃過的豬腿肉。桃佳將豬腿肉用大火炒過後，再將切段的青椒和高麗菜丟進平底鍋內一起炒。

因為薪水低、存款又少得可憐，所以必須節省開銷。每次都必定會將食材徹底用完。

不過話說回來，今天的我真是……

亮一肯定察覺到了自己的心意了。

真不想讓他發現。

不，我希望他察覺到。

不過反正他肯定不會把我當一回事的，再說他也沒有把我當異性來看。

所以還是別察覺到的好。

就算有喜歡的人，也只能遠遠地凝視而已。

希望將來有一天可以跟某個人……以前也曾經做過這樣的夢。

唉，算了。

即使只能遠遠觀望，也已經是自己在老人院工作的少數樂趣之一了。

桃佳邊看電視邊解決掉了晚餐。再悠悠哉哉坐下去的話就會懶得洗澡，所以桃佳手腳俐落地洗了碗，馬上去泡澡。入浴劑的廣告打的宣傳雖然是「徹底放鬆的泡澡時間」，但自己可是無法慢悠悠地泡。每天來到這個時候，一整天的體力都所剩無幾，所以總是快速地洗頭、搓洗身體。泡澡泡太久的話反而會精疲力竭。

吹乾頭髮坐到沙發上後的時間是桃佳一整天下來最為放鬆的時刻。檢查完電腦上的郵件後，桃佳一面喝著手掌大小的罐裝啤酒，一面讀著網路新聞。

最近的投書欄不分男女老幼，大家談論的都是七十歲死亡法。

年輕人的贊成意見居多。報社為了持公平立場，平均刊登了贊成與反對的意見。

——我現在是大四學生，目前還沒找到工作，已經投了五十多間公司的履歷，但是連一次面試的機會都沒有。我相當贊成七十歲死亡法案，聽說安樂死的方式有好幾種，可以自由選擇，我希望可以不要有年齡限制、擴大開放安樂死。活著一點樂趣都沒有，如果可以早點死的話我願意選擇這麼做。跟年輕人比起來老人家太幸福了，我現在在一間位於電影院對面的咖啡店工作，平日的客人有八成都是老人。看他們一大早就在那開心地高聲聊天就覺得一肚子火，明明就對社會沒有任何貢獻，卻靠著年金在那裡盡情享受第二人生。就算我找到工作了也不想繳年金給這些老人用，我聽說我們這一代就連繳出去的拿不拿得回來都是個問題。為什麼一直以來政府都這樣放任這種世代間的貧富差距呢？——

亮一不曉得是怎麼想的。

桃佳將這則投書給印了出來放進包包裡，下次亮一再邀自己去喝茶時，如果碰到上次那樣沒有話聊的狀況就可以派上用場了。

而且，只有在他低頭專注地讀投書時，自己才能目不轉睛地直盯著他看。

感覺自己好像跟蹤狂喔。

桃佳不禁苦笑了出來。

下一則投書是一位六十八歲女性寫的。

——我徹底反對七十歲死亡法，去年年底我那蠻橫的先生因為癌症過世，我才好不容易重新找回自己的人生而已，這是我繼單身時期以來再度重享到自由。我跟音樂大學的朋友們共同組了一個合唱團，定期在老人院或是醫院舉辦關懷表演，真的是非常開心。但如果到了七十歲就非死不可的話，那我就只剩兩年時間而已。對於年輕人來說或許很難想像，但是有許多女性是一輩子很辛苦地活過來的。年輕人似乎不能理解時間是公平的這件事，每個人都會老的。衷心期盼政府可以廢除這種愚蠢的法律——

結婚到底是怎麼一回事？

每次讀到這樣的內容都覺得很哀傷。

萬一自己跟亮一結婚的話……不，那是不可能的。

不過就說是萬一了嘛。

現在的自己如果能跟亮一結婚的話就真的是美夢成真了。投書的這名女性在婚前應該也是這樣想的吧。也就是說，即使自己跟亮一結婚了，幾十年後有一天會覺得「這人死了真開心」嗎？完全無法想像。

那媽呢？

媽她是怎麼看待爸的呢？

說不定她的想法也很接近這個投書的人。

話說回來，鄰居前田太太在先生死後突然變得很花枝招展，每天都很有活力，相較之下媽就連外出都沒辦法……。

想到母親的生活就覺得心情沉重起來。

桃佳像是為了要轉換情緒一樣接著開始讀下一篇投書。

是一位七十六歲女性的投書。

——前幾天我聽說了「田園調布七十歲同盟」成立的消息，所以我們也依樣畫葫蘆成立了一個「活力十足一百歲同盟」。成員有二十位女性，每個人的先生都已經死了，平均年齡為七十八歲。我們想證明我們依舊能對國家有所貢獻，勢必要讓政府廢除七十歲死亡法。我們計劃利用因為少子化而廢校的小學或是國中校地來蓋幼稚園或是老人安養中心，或是用來收容街友。我們想將這樣的機構推動成NPO法人，目前正跟夥伴們為此東奔西跑。我女兒擔心我們跟龍蛇混雜的人打交道，怕會有個三長兩短或是遭到不客氣的對待，所以叫我歇手。但這些我一點也不怕，就算有個三長兩短也無所謂，被拳腳相向我也不怕，反正來日也沒多久了，死了也無所謂。我們就算因為突發事故走了，會為此悲傷的父母也早就不在了。年輕人或許很難相信，人呀過了六十歲以後是會成長許多的。人在過了六十歲後變得可以俯瞰人生，也逐漸能看清年輕時所疑惑的生命意義，人格逐漸開始成長。在那之前人生的首要任務就是顧好自己的家庭，過得是滿足私慾的自私生活。但是到了這個年紀停下腳步、驀然回首來時路後，變得能用更寬闊的視野來思考人生。也就是說人生的醍醐味是要到六十歲後才能領悟的。我們所領略到的經驗法則對於這個社會肯定是能有所貢獻的。現下的潮流會因為老人家不懂得用電腦而輕視我們，但是我們所擁有的普世智慧必定能幫助到年輕人，我也堅信這樣的智慧是值得傳承下去的——

這一則也印出來吧。

亮一相當熱衷於工作，對於老人家的身心狀態也有所研究，自己也要向他看齊多方學習。

換句話說，亮一是志同道合的朋友，也是聊得來的工作夥伴。沒錯，就這樣樂觀以對就好。就算被他給甩了研究成果也還是能提升自己，是誰也拿不走的。

——一同思考社會福利的夥伴。

跟亮一保持這樣的關係如何？

就連自己都覺自己神經變得比較大條了。不過女人一旦過了三十歲不這樣是不行的，畢竟自己跟「既單純又可愛」可是差得遠了呢。

下一則投書是來自一位四十來歲的男性。

——我是一位每天相當忙碌的上班族，公司裡瀰漫著一股要是不滿就請你走路的氛圍，也因此被迫忍耐沒有加班費的超長工時。週末也經常需要上班，沒有時間跟小孩互動，每天都覺得自己不配當一位父親，有一陣子還很討厭在媒體上被捧得老高的家庭主夫。但是我相信自己終有一天會有時間多陪陪小孩，是這樣的信念支持我一路撐了過來，但是這條法案通過後我才發現，在夢想著「將來」的這段期間，孩子們就都長大了。只差那麼一點我就鞭長莫及了；幸運的是，老闆似乎也察覺到了這一點，每天都變得可以提早下班，也因此這陣子都能和家人一起吃晚飯。七十歲死亡法真是一條造福人群的法案——

就在此時手機響了起來，以為是亮一的桃佳雀躍不已，結果才發現是正樹難得打了電話過來。

「喂，怎麼了？正樹你上次打電話來是幾年前了啊？」

「抱歉姐，妳可不可以回家一趟？媽失蹤了現在家裡沒人可以照顧奶奶。」

「你說媽失蹤了是什麼意思？報警了嗎？」

「她沒有被捲進什麼事件或是事故啦，我看她把自己的行李全部帶走了，應該是離家出走了。」

「離家出走？你說媽嗎？」

都是因為自己不願意幫忙照顧奶奶，所以母親累到對人生絕望、自暴自棄，難不成……

「她有沒有留字條？」

「不曉得，我還沒仔細看。」

「笨蛋，快去找！你難道一點都不擔心媽嗎？」

「總之妳趕快回家啦，家裡沒人照顧奶奶啦。」

「家裡沒人？正樹你不是在家嗎？」

「妳別開玩笑了，我今天才幫奶奶換了尿布。」

「所以呢？」

「姐妳是怎麼來著了？為什麼我非得去照顧老人不可啊？」
「所以誰才應該去照顧老人？我嗎？」
「妳幹嘛態度那麼差啊，到底有沒有在聽我說？這可是緊急狀況。」
「爸呢？」
「他提前退休環遊世界去了，妳沒聽說嗎？」
「我是有聽說這件事，但沒想到他還真的會去。那爸對媽離家出走這件事怎麼說？」
「老爸他還不知道。」
「為什麼他還不知道？馬上打電話給他！」
「老爸他就算回來了也於事無補啊，他什麼事也不會做，而且他一回來的話還會增加姐妳的負擔。」
「你這話怎麼說？」
「因為這樣妳除了看護奶奶外還得煮飯給他吃，要洗的衣服還會變多。啊，對了，這段期間我的飯簡單煮就可以了。」
「我感覺我在跟江戶時代的男人說話一樣。」
「江戶時代？為什麼？總之妳今晚就回來啦，我一個大男人什麼也不會。」

亮一也一樣是男人，但是他每天都在照顧老婆婆們，老人院裡頭的婆婆們可是壓倒性地多於爺爺們。

「我就跟你明說了，我有工作在身沒辦法回家。」

「那誰來照顧奶奶？」

「正樹你現在有在工作嗎？」

「我雖然現在是沒在工作，但是有在找，只是沒有那麼容易而已。」

「你到底是要找幾年？」

「話是這樣說，但妳曉得現在工作有多難找嗎？」

「現在已經不是讓你挑三揀四的時候了，你打從小時候開始就只有自尊心特別強。那你打工假日有得休息嗎？」

「我沒在打工。」

「什麼？你該不會還是一直窩在家裡吧？現在這種世道可真是羨慕你喔。我每天到了現在這個時間可是體力都被耗個精光，每晚睡得跟個死人一樣。」

「唉唷……姐，妳真的不打算回來？」

「你別太扯了你，這個沒用的傢伙！」

桃佳掛上電話後突然覺得有點後悔。弟弟其實是個單純的人。他從小就很優秀，是自己很引以為傲的弟弟，但是因為太善良了所以很容易受傷，小時候跟他講話時總是小心翼翼的。

感覺心情好複雜。

自己很同情正樹找不到可以匹配自己的能力還有自尊心的工作，自己也就只有那麼一個弟弟，當然也是想為他打氣的。但是兩個人不管怎麼對話感覺永遠都是牛頭不對馬嘴，讓人覺得很難過。感覺他只是一個光說不做、不知人間疾苦的白癡，想到這就覺得既可恥又讓人生氣。

然後再加上爸又那麼神經大條，這個家到底是怎麼樣？

然後媽她……。

自己非常同情母親被逼到離家出走，也開始反省，覺得家人就應該要互相幫忙才對。但是母親她只依賴做女兒的自己，卻絲毫不曾要父親或是正樹幫忙。就是因為她這樣才會把正樹教育成這種彷彿江戶時代的大男人。

「真是受夠了。」

家人真是不值得信賴。

「唉。」

所謂的家人到底算什麼？

*

「正樹——」

隔天，奶奶的叫聲伴隨著鈴聲同時響起。

「喂，正樹——」

聽見奶奶急促的呼喚，正樹急忙下了樓梯。

「奶奶妳怎麼了？沒事吧？」

「什麼怎麼了？」

奶奶一臉悠哉地看向自己。

「如果不是什麼緊急狀況的話不要這樣大喊啦。」

「要說緊急狀況也是啊，你去幫我打電話給明美還是清惠，叫她們過來。」

原來還有這招啊。

自己完全忘了姑姑們的存在了。

天啊太棒了，這麼一來就不用幫忙看護了。

正樹從客廳將電話的子機拿了進來遞給了奶奶。

「這種時候啊，與其由本人來說，營造成是身邊的人看不下去才打電話的樣子會比較有效。我自己打的話，她們會覺得我還很有精神就不過來了，所以正樹你打比較有效果。」

現在超睏的，平常的話現在都還在睡呢。想說奶奶要是死了就不妙才跳起來的，但現在愈看愈覺得她看起來精神很好。

「今天是平日，所以明美可能出去上班家裡沒人。如果她沒接的話，你就留言叫她聽到了回撥。」

正樹無法違抗奶奶命令的語氣，當場撥了電話，結果父親的姐姐明美姑姑馬上就接電話了。

——正樹？好久不見了呢，怎麼了嗎？

「姑姑妳今天可不可以過來我們家？」

——難不成是要談繼承遺產的事？

「繼承遺產？」

正樹這樣反問的瞬間，奶奶不耐煩地在一旁「嘖」了一聲。

「把電話給我！」

奶奶像是用搶的一樣把子機奪過去。「喂，明美？妳不是要上班嗎？今天休假嗎？那正好，妳現在馬上過來。我沒有要跟妳講遺產的事，東洋子她人不見了。啥？妳說什麼？妳現在不馬上過來的話財產就沒妳的份了。」

奶奶這麼說完後把電話給掛了，這種說話方式未免也太露骨了。

所謂的親子到底算什麼？真是讓人感到悲哀。

過了不到三十分鐘，明美姑姑就出現在家中的玄關，看來她是搭計程車趕過來的。

「正樹你看起來氣色很好嘛。」

明美在玄關脫鞋子時壓低了聲音這麼問。「現在到底是怎麼一回事？」

「媽她人不在。」

「你說人不在是怎麼回事？她福井老家那邊媽媽生的病應該沒那麼嚴重吧？那天東洋子她不是說回老家待一晚隔天就會回來了？」

「我想她這次是離家出走。」

「不會吧，我可是很忙的，今天只是恰巧……」

「明美妳到了吧？」

屋內傳來了奶奶的大嗓門。

「對。」

姑姑一邊回話一邊趕了過去。

這麼一來可以放心了。

睡了個回籠覺起床後，時間已經過了中午。

正樹下樓準備拿飲料來喝時，看見姑姑正站在廚房。

「我已經設定了電鍋的煮飯時間，然後用冰箱裡現有的東西煮了味噌湯。」

「不好意思麻煩您了。」

「配菜就拜託正樹你去買回來了。」

姑姑說完話急忙往玄關走去。

「姑姑妳今晚能不能在我們家過夜？」

「怎麼可能，我明早還要上班。」

「什麼……」

一想到今晚又要被呼叫鈴給吵醒好幾次就覺得想哭。

「所以說姑姑妳要到明天傍晚才能再過來？」

「我不來了啦。話說回來靜夫呢？你爸是上哪去了？」

「他現在在國外旅行。」

「這我曉得，他什麼時候回來？」

「我聽說是去三個月。」

「你還有心情在這裡說悠哉話，馬上把他叫回來！」

「什麼？」

「這是當然的吧。現在可不是玩的時候，你現在馬上打電話給他叫他明天趕回來，繼承這個家的可是你爸呀。還有啊正樹，你到現在還不工作嗎？虧你還是帝都大畢業的，在想些什麼呀。這個家到底是有什麼問題啊？兩個大男人像是約好一樣不工作，我在乾洗店上班每天都是站一整天耶，憑什麼是我來看護？今天只是剛好是公休日我才在家的，對我來說店休是我打點堆積如山的家事的時間耶，你別跟我開玩笑了！」

姑姑帶著怒氣連珠炮似地說完這些話後，就用力關上了大門走了出去。

對姑姑來說奶奶是她的親生母親，所以以為她會願意如影隨形地幫忙看護。結果又只剩下自己一個人，再這樣下去的話自己的立場會相當不妙。如果就這樣拖拖拉拉地被拖下水，之後得一直照顧奶奶的話怎麼辦？

只能像姑姑所說的打電話給爸了。

「喂，是我。」

——難得正樹你會打電話給我，怎麼了？

「先別管那麼多，爸你現在在哪？」

——我在上海啊。

「什麼嘛，太好了，沒有很遠。」

正樹還擔心著要是他人在偏遠的亞馬遜的話，回來不曉得要花上幾天。

「媽離家出走了。」

——離家出走？你開玩笑的吧？她上哪去了？是不是福井的外婆又病倒了？什麼，不是？那她是上哪去了？不曉得？這到底是怎麼一回事？她不可能離家出走的。她會不會是被捲入什麼社會事件裡？你媽她是沒有其他地方好去的。

「你別在那邊囉囉嗦嗦的，總之你趕快先回來啦。」

——辦不到，旅行才剛開始，我之前應該有說過要出去旅行三個月的。

「那你何時才能回來？」

——我就說了要旅行三個月，你別找我，打電話去跟桃佳說。

「姐說她工作忙沒辦法。」

——那去問明美姑姑。

「姑姑她已經來過一天了，然後她說她不會再來了。」

——那清惠呢？

為什麼他可以這樣什麼都推給別人？一想到這個人是自己的父親就不禁覺得可恥。

「你不要太過份了，奶奶可是你媽耶，推卸責任也要有個限度。你現在馬上退房搭飛機回來，就這樣。」

正樹掛掉電話後突然察覺到，剛剛一副事不關己的老爸，跟那時在電話上跟姐講話的自己根本就是半斤八兩。什麼事都推給別人，只想確保自己的舒適圈。

這天下午正樹受奶奶之託前往超市買東西。

——橘子、大福、喉糖、仙貝。

正樹一邊看著字條一邊將商品放入購物籃中。好久沒有來這家超市了，完全沒有概念什麼東西放在哪，明明只買一點東西，卻花了好多時間。

因為不想碰到熟人，所以只想儘可能趕快買完，內心感到很焦急；但是仔細想想正常人這種時候都在上班，所以白天的超市反而比晚上的便利商店更不容易碰到以前的同學才對。正樹在察覺這點後心情頓時變得很輕鬆。

出了店外，一陣刺骨的寒風吹來。道路的兩側鋪滿了銀杏，彷彿黃色絨毯。已經好久不曾這樣實際感受到季節的變化了。

回到家後正樹直接前往奶奶房間。

「你只買了這些回來？」

奶奶看了看袋內皺了下眉頭。

「字條上寫的我全都買回來了。」

「晚飯該怎麼辦？中午那頓根本稱不上午飯。明美真是的，到現在還是那麼不會做菜。」

奶奶看似不滿地擺出不高興的臉。

「姑姑有幫我們煮味噌湯，電鍋也設好了煮飯時間，飯應該已經好了。」

「那菜呢？」

「找一下的話應該還有烤海苔。」

「就沒其他了嗎？只煮了飯跟味噌湯就回去，明美這種事情只做一半的性格一點都沒變。明明知道老人家生活唯一的樂趣就只剩吃而已。」

每個人都只會抱怨，沒一個是好東西。

唉，這一切真是讓人感到厭煩。

所謂家人到底算什麼？

正樹逼不得已回到了廚房，檢查冰箱裡有什麼東西。

雞蛋跟牛肉。

這樣的話可以煎漢堡排。

不對，還是蛋包飯好。

比起漢堡排老人家會更喜歡蛋包飯。

但是誰來煮？

我嗎？

有番茄醬嗎？

馬上發現冰箱裡有一瓶番茄醬顯眼地立著。

那有洋蔥嗎？

正樹關上冰箱門，翻箱倒櫃地到處找，但卻完全不見洋蔥的蹤影。

就在他環視廚房時，視線停留在腳邊一個小小的紙箱上。

「有耶。」

箱子裡頭裝滿了洋蔥。

之前曾經在電視上看過看起來很好吃的蛋包飯，滑嫩的半熟蛋蓋在蕃茄炒飯上。好像是一間高級餐廳在賣的。

正樹跑上了二樓，用網路搜尋了一下。

關鍵字是「蛋包飯 做法 滑嫩」。

接著食譜就跑出來了，正樹急忙列印出來後又跑下了樓梯。

切著洋蔥的同時，眼淚也跟著流了出來。

雖然時隔已久都快不記得了，小學那時有一陣子很熱衷於學做菜。六年級暑假作業所訂的自由課題是「開心煮晚餐」，那時跟母親學做菜，自己持續一個星期幫家人煮晚飯。因為不想煮一些小孩子氣的菜色，所以還挑戰了天婦羅跟散壽司。可能是因為母親也有幫忙，家人吃了都讚不絕口。

正樹抽了張面紙擦拭眼周，擤了擤鼻子。

好似因為難過而哭過一般，有種神清氣爽的感覺。到底有多少年沒有這種感覺了呢。自己甚至想不起來上一次哭是什麼時候的事了。只待在自己的小房間裡生活後，就鮮少有機會哭或笑。冷笑倒是有過，但卻不曾捧腹大笑。喜怒哀樂當中，有的只有怒而已。這樣想想，躲在自己的房間裡的生活真的不好。自從跟澤田還有千鶴見過面後，自己感覺無論是多麼無關緊要的小事，向人傾訴還是很重要的。還有，不管什麼工作都好，還是要出去上班才對。

將洋蔥放入鍋內炒後，飄散出了一股很香的味道。

正樹將絞肉放入鍋內，快速地用木杓往鍋底按壓，將洋蔥跟絞肉炒勻後，倒入剛煮好、熱騰騰的白飯，接著再用鹽與黑胡椒調味，加入了番茄醬。為了不讓飯變得黏糊糊的，他是用切拌的方式來攪拌。這個做法是在「開心煮晚餐」時間準備醋飯時母親所傳授的。

正樹將蕃茄炒飯平均分配到兩張盤子上。

接著是蛋，這個步驟是決定好吃與否的關鍵，蛋想要煎得滑嫩可是絲毫都不能閃神。

正樹敲開了蛋，在蛋液中加入了些許的牛奶、鹽以及黑胡椒，接著再用筷子攪勻，然後再將攪勻的蛋液倒入預先溶好了奶油的平底鍋內。

失敗了。

本來想要手腳再更俐落一點的，結果煎好的蛋跟「滑嫩」差得可遠，蛋完全被煎透了。

今天就算了。

下回再接再厲。煮飯出乎意料還滿有趣的。

敲了敲奶奶的房門，她回了一聲「好香」。

奶奶將滑動式的桌子拉到自己面前，已經在等著了。將冒著熱氣的蛋包飯放上桌後，奶奶閉上了眼睛聞著味道。

正樹則是爬上了床腳邊，將自己那一份蛋包飯放到了桌緣上。

「像這樣跟別人面對面吃飯已經是好幾年前的事了。」

奶奶這麼說著，看似開心地笑著。「開動了。」

「不過我煮失敗了。」

「很好吃啊。」

「真的耶，雖然自己讚美自己好像有點老王賣瓜，不過真的好吃。」

「正樹你乾脆來開一家蛋包飯店好了。」

「那是什麼呀，我還沒聽說有蛋包飯店這種東西的。」

「我是指西餐廳啊。」

自己做生意啊……。

我知道就算不去外頭上班也是有別的路可以走。

但這不過是說夢話而已，自己開店要有資金，再說經營餐廳的眉角該上哪去學？而且最重要的是還要有專業廚師的技術，想到就頭暈。

此時，正樹突然想起了很久以前的一件往事。

那件事發生在高中時，當時自己說想唸藝術大學，全家唯一贊成的只有奶奶一個人。爸跟媽都堅決反對，他們做父母的心情總是隨著孩子的成績上下起伏。現在回想起來，當時只有奶奶是用比較長遠的眼光來守護自己的成長。

——讀哪間學校都一樣，人生可是只有一回，想做什麼就放膽去做，想上哪去就勇敢前進。

這是當年奶奶的口頭禪。

——就因為正樹不是兒子是孫子妳才說得出這種不負責任的話，媽妳沒受過社會歷練不曉得外頭有多競爭，妳別毀了正樹這麼優秀的未來呀，這裡沒有媽插嘴的餘地。正樹，你也別做傻夢，去讀法學院或是商學院科系。

以上班族身分在社會上打滾的父親所說的話不容反駁，只有聽從的份。

「那時我說想唸藝術大學，只有奶奶妳一個人支持我。」

「確實有那麼一回事呢。人上了年紀後才能深刻體會到人生只有一回，所以上年紀也是有好處的，很多事可以看得比較清楚。」

奶奶果然沒變。

正樹心想著明天也要這樣陪她一起吃飯。

第五章　活著真是對不起

正當大街小巷正因聖誕節商機而熱鬧非凡之際，東洋子人正在上野車站附近的一間公寓套房內。

在住處有著落後的隔天就開始探聽工作，但沒想到年齡限制比自己想像中要來得嚴格。原本心想簡單的兼職工作應該馬上就可以找到的，但自己真的是太天真了。光是在審查履歷這個階段就全被打槍了。

如果再這樣一直找不到工作的話該怎麼辦？一想到錢包裡剩沒多少錢就想哭。離家出走還不到十天就垂頭喪氣地回去，一想到不曉得會被婆婆跟大姑小姑們說得多難聽，就真想從這世界上消失。而且往後肯定只要一有個什麼，這件事就會被再度拿來說嘴。

東洋子大大地嘆了一口氣後打開了窗，外頭比想像中還要來得溫暖。

天氣很好，也沒有風。

在房間裡頭意氣消沉的也於事無補。

自己一直以來都是家庭主婦，對於出社會這件事是懷有恐懼的，同時也沒有自信。不過反過來說，東洋子覺得自己長期累積下來的家事經驗以及處理事情的麻利絕對勝過年輕人，對此也有一定的自信。

再一次鼓起勇氣去職業介紹中心問問吧。

東洋子做好出門的準備步出了家門。出門的同時她想順便將用宅配送來、裝衣物的紙箱給扔了，於是順道繞到了公寓的垃圾場去。

「欸妳等等，紙箱可以回收喔，不是可燃垃圾。」

轉過頭去，一個高個子的女性正站在那瞪著自己。她長長的頭髮紮成一條馬尾，頭上戴著一頂鴨舌帽。那位女性好像也是來丟垃圾的，正抱著一大袋垃圾。

「對不起。」

東洋子發出了微弱的聲音，最近自己變得相當退縮。說來雖然丟臉，但只要稍微被指責的話就覺得想哭。

「我以為今天是丟資源回收的日子。」

「是這樣嗎？」

這位女性看了看貼在牆上的月曆。東洋子瞧了瞧這個人帽子下的側臉，大眼睛、高挺的鼻子，長得相當漂亮。應該是四十來歲的人吧。自己聽房仲說這裡的每間房都是一房一廳的格局，所以這位女性應該也是自己一個人住吧。

「原來如此，抱歉呀，是我搞錯了。」

她露出了一個爽朗的笑容，看來應該不是個壞人。

「我沒見過妳，是最近搬進來的嗎？」

「對，上星期住進來的。」

「妳一個人住？」

「呃，對。」

「這樣啊，妳看起來感覺像是哪戶好人家的太太呢。」

對方著麼說著，從頭到腳掃視了東洋子一番。

「今天休假嗎？」

「也不是，不是休假……其實我正在找工作。」

「這樣啊。」

「但也有年紀了，所以找得不是很順利。」

這位女性皺著眉直盯著東洋子看。

「這可不是拿來說笑的事。」

東洋子的臉上似乎不曉得何時浮現了討好人的笑臉。

「妳說得對，確實不是可以拿來說笑的事。但我連上野經濟大學裡頭便利商店阿桑的工作都應徵不上，而且是連面試機會都沒有，已經不曉得該怎麼辦了。」

這個事實讓東洋子過於震驚，導致她昨晚還睡不著。

「那麼吃香的工作當然應徵不上呀。」

「吃香的工作？但那不過是一間賣麵包跟牛奶的普通便利商店，哪裡吃香了？」

「大學校園是很安全的工作環境，客群是大學生跟教授對吧？會到那間店消費的人是特定族群，醉漢跟感覺怪怪的歐吉桑是不會上門的。」

「這樣啊，原來如此，所以競爭才會那麼激烈。」

「妳說連面試機會都沒有，會不會是妳寫履歷的方法有問題？妳不介意的話我可以幫妳看看。」

「真的嗎？」

這個人要給我建議？但她看起來不像是很有學識的樣子。

「今晚來我房裡的話可以幫妳看，二樓盡頭的邊間房。我叫森園靜世，今天八點左右，如何？」

「可是……」

「妳不用客氣啦。」

「這樣啊，那我到時就登門打擾了。」

雖然心裡不覺得她給的建議能派上用場，但是在同一棟公寓內可以結識新朋友讓人覺得比較安心，日常生活如果碰到什麼煩惱的話或許還能尋求她的意見。

當天晚上，東洋子拿著在車站前買的泡芙，在八點整敲了森園靜世的房門，履歷也一併帶上了。

「歡迎。來，請進。」

她的房間布置得相當漂亮，讓人不禁懷疑房間隔間是不是不一樣。

紅色的地毯搭配上顏色鮮豔的窗簾，讓東洋子瞬間忘記了這裡是一棟老舊的公寓。

她的房間讓人聯想到東歐還是哪個國家的學生公寓，可能是因為房內有一個復古的大壁櫥，整個房間收拾得乾乾淨淨的，裡頭只看得到沙發床、電視還有書櫃。仔細一看，壁櫥紙門上的花紋跟自己房間的還不一樣。她房間的壁櫥紙門是純白的沒有任何圖樣，所以室內就算佈置成西洋風感覺也不會有衝突。但自己房裡的壁櫥紙門則是畫上了松樹這樣的日式圖樣，要裝飾得那麼時髦可能有困難。

就連這種無關緊要的小事都能讓自己灰心喪志，真是受夠了自己的軟弱。

「唉唷，妳跟我同年耶。」

森園靜世將東洋子的履歷表展了開來，看似開心地笑著。

「真的嗎？森園小姐妳看起來很年輕耶。」

「我只是穿得比較花枝招展而已，因為我是車站前那間精品店的雇用店長。不過話說回來，妳寫學歷的方式果然有問題。妳最好別把大學的學歷給寫上去，寫到高中畢業就好了。」

「為什麼？」

「因為妳要應徵的是便利商店的收銀臺啊。像妳這種出身名門女子大學的閨秀，擔任人資的歐吉桑看了肯定就先倒退三步。」

「怎麼會……」

自己的人生好蠢，營養師的證照根本就沒必要。更重要的是，根本就連大學也沒必要讀。自己過往的努力跟父母為自己出的學費感覺都白費了。不，其實早就白費了，只是自己一直都沒有察覺到而已。

「那妳接著打算應徵哪裡？」

「JR上野車站裡賣火車便當的店。不過這裡可能也沒希望。它的年齡上限到五十歲為止，我都超過五歲了。」

森園聽東洋子這麼說後輕聲笑了出來。

「二十來歲跟三十來歲的家庭主婦也很多人去應徵的吧。而且最近不只是主婦，單身的年輕女性也很多，畢竟現在不景氣，社會新鮮人都應徵不上正式員工。」

話說回來，年輕時的打掃阿桑都是六十來歲的人，住到上野來後的這幾天，看到好幾個都是三十來歲的女生，可能要改叫打掃阿姐才對。在看護婆婆無法外出的這段期間，社會似乎變了很多，而且感覺不是超過應徵年齡五歲這種小範圍的變化。

「對了寶田小姐妳喝酒嗎？要不要來一點，我明天不用上班。」

森園這樣說著站了起來，往廚房走去。

自己上次喝酒是什麼時候的事了？

「我有啤酒、便宜的紅酒、燒酒還有梅酒，妳想喝哪一種？」

森園站在廚房這麼問。

「那就給我燒酒。」

「妳該不會是酒中女豪吧？要兌烏龍茶還是其他什麼東西嗎？」

「好的，麻煩妳了。我也一起幫忙吧？」
「那麻煩妳把這個裝到盤子上。」
森園將油漬沙丁魚的罐頭跟裝在濾網裡的切片洋蔥遞給了東洋子。
她自己則是將燙過的花椰菜跟紅蘿蔔迅速地裝到盤裡，在上頭灑上了杏仁片。從這樣俐落的動作看來，這人過去說不定也是家庭主婦。
「為我們倆光明的未來乾杯。」
「……乾杯。」
森園小姐津津有味地喝著兌了碳酸水的梅酒。
「履歷不要用寄的，妳最好親自送到總公司的人資那裡去。」
「為什麼？」
「因為妳的武器就是很賢淑的主婦氣質，這一點面對歐吉桑是很吃得開的。只是他們沒實際見過妳本人的話就不曉得，再說這履歷表上貼的大頭照拍得也不是很清楚。」
「這樣啊，那我就親自跑一趟好了。」
這種時候，任何有機會的事都要試試看，要不再這樣下去是找不到工作的。森園小姐的酒量不是很好，在她喝光第二杯後，眼神就開始渙散了。

「森園小姐對七十歲死亡法有什麼看法？」

「我堅決反對，我還加入了七反同盟會。」

「森園小姐想活久一點嗎？」

「那是當然的呀，寶田小姐妳想早一點死喔？」

「因為我不認為將來人生會有什麼樂趣。」

自己已經不想去思考將來的事了。

「我活到這個年紀，覺得目前是人生中最開心的時期，因為很多事都看開了。」

「很多事嗎？」

「跟妳聊聊我的經歷吧，妳願意聽我說嗎？」

「好呀，當然可以。」

不曉得她是不是人太好了，兩人才剛認識沒多久她就完全卸下心防。有可能是自己看起來就是個不折不扣的平凡家庭主婦，所以才沒有人會對自己產生戒心吧。

「我回來東京後已經過了二十年。嗯？已經二十年了啊？真是不敢相信。」

森園小姐這麼說著，自己一個人樂不可支地大笑，看來她已經喝茫了。

「妳說回來是從哪裡回來？」

森園小姐聽自己這麼說，恢復了正經的表情。

「神戶。打從我結婚後開始住在神戶那段期間，我的夢想就是要擁有自己的房子。大家結了婚不都是這麼想的嗎？」

森園小姐這麼說著，目光望向遠處。

「沒錯，我以前也是這樣。」

「當時為了要存錢真的是無所不用其極，像是蔥跟鴨兒芹的根我還會種到盆子裡，每次都是在比較各家超市傳單後才騎腳踏車到最便宜的店去買，還讓愛喝啤酒的先生改喝燒酒。每次上超市都是挑關門前去，心想可能會有東西出清便宜賣。電燈也是注意到就關掉，當時年紀還小的女兒每三次剪頭髮只有一次會帶她上髮廊，在髮型還沒完全跑掉之前我就自己幫她剪。洗澡剩下來的洗澡水也會拿來擦地板或是澆花；但即使做了那麼多努力，還是存沒多少錢。」

「我能理解，我也有過相同的經驗。」

東洋子想起了過去住在公司宿舍的自己。

那時是泡沫經濟期，在那個年代，想擁有自己的房子這件事甚至還帶有一種悲壯的嚴肅感。

——有殼蝸牛與無殼蝸牛的社會地位天差地別！

這種煽動小老百姓心中不安的話語每天都能在週刊雜誌的封面上看得到，像我們這樣平凡的上班族家庭想買房感覺是不可能的。話雖如此，租金便宜的國宅感覺一輩子也抽不中，想到這些就覺得要面對未來好惶恐。

只要有了自己的房子，唯一需要擔心的就只剩飯錢。

只要有了房子，上了年紀後多少不用擔心。

仔細想想，當初自己心裡其實根本就不想跟丈夫的父母同居。

「每次只要看到那些買了房子、準備搬出公寓的鄰居太太臉上高興的神情……」

「這一點我也相當能夠理解。」

當時自己也由衷地期盼可以像她們一樣。

「那些還繼續住在公寓裡頭的主婦們，都知道搬出去的太太們是咬著牙省吃儉用的，所以心中也覺得自己還可以再節省一點。其中還有幾個人會去算丈夫的酒錢跟每天抽幾根菸。話先說在前頭，我可是沒這樣做喔。」

森園小姐這麼說著，看起來很淘氣地笑了出來。

不過，這人明明以前是在神戶當家庭主婦的，怎麼現在會在這裡一個人住？聽她說有女兒，那孩子現在在做什麼呢？雖然還有很多謎團，但看她笑得如此爽朗，應該是已經完全走出過去了。

「我那時增加了在熟食店兼職的時間。但是時薪八百五十日圓，一天做七個小時也才將近六千日圓，假設一個月排班二十天好了，月薪就是十二萬日圓左右。一想到這樣要存到頭期款就感覺頭要暈了。」

「沒錯，確實如此。」

「就在我差不多想放棄時，婆婆因為腦中風撒手人寰，然後我們就繼承了一千萬日圓的遺產。」

「嗯，那真是……」

幸運這兩個字差點就要說出口，東洋子急忙將杯子湊近嘴邊。

「我們去參觀了神戶市內一棟中古大樓，那是一九九四年夏天的事。」

一九九四年的話桃佳跟正樹年紀也都還小，當時自己每天都忙得不像話。

「窗外望出去就是瀨戶內海，後方還有六甲山。那是一棟有七層樓高的白色大樓，好像外國的童話故事裡頭會出現的小城堡一樣，是一個很棒的地方。三房兩廳，屋齡五年，有一間和室和兩間西式房。客廳的木頭地板感覺很清爽，廚房也很可愛。」

森園小姐似乎是把婆婆的遺產全都用來付頭期款，剩餘尾的款的就貸了三十年的貸款。

「我完全不覺得我們是在打腫臉充胖子，因為每個月償還的貸款額度就跟之前住的公寓房租一樣。而且當時我先生的薪水也一直在調升。」

「妳這樣說也是，那個年代都是這樣的。」

「但是現在回首想想，泡沫經濟在那時已經開始破滅了。買下房子的半年後，也就是一九九五年一月那時，寶田太太妳記得發生了什麼事嗎？」

「一九九五年一月？發生了什麼事嗎？」

「一月十七日清晨五點四十六分，阪神大地震。」

「啊。」

「我們家那時是在和室地板上鋪墊被一起睡的，幸運的是家具全放在西式房間裡，和室裡沒有任何東西倒下來。但是不管我怎麼叫我先生跟我女兒的名字，他們就是不醒來。我以為他們死了，發了狂似地叫著他們。」

東洋子屏住了氣，難不成她先生跟女兒都死了？

「結果我女兒睡眼惺忪地說『媽妳吵死了』，然後我先生也接著說『人家在睡覺妳吵什麼吵』。我都傻眼了，搖晃得那麼厲害他們竟然沒有醒過來。不過拜此所賜，女兒跟創傷症候群完全沾不上邊，我自己可是過了好幾個星期後才完全鎮定下來，身體也才不再發抖。」

說完後，森園小姐靜了下來。

她坐在沙發上，翹著二郎腿，手上晃動著酒杯。

「之後呀……」

森園小姐接著說，嘆了大大的一口氣。「我們決定重新整修房子，買下房子後也才不過半年，還有兩千八百萬日圓的房貸要繳，整修費用要兩千萬日圓。想到我先生領的那一點薪水，就覺得不曉得何年何月才付得完。」

「那還真是辛苦呢。」

「因為容積率的關係，整修過後空間會變得很小，我從那天起每天心情都很黯淡。但是也只能選擇樂觀以對，對吧？」

「沒錯。」

「我那時心想現在正是夫婦兩人攜手共度難關的時刻，我先生也對我說了他會努力的。」

「兩人的羈絆也變得更加強烈了吧。」

聽到自己這麼說，森園小姐哈哈地乾笑了出來。

「那麼想的只有我而已，有天家裡寄來了卡債的帳單。我每天能省就省勤儉持家，沒想到我先生竟然借了六十一萬日圓去進貢給酒店小姐。當我聽他說他買了ＬＶ的名牌包給店裡的年輕小姐時，震驚到說不出話來。」

「天啊，怎麼會這樣。」

「我先生也把話攤開來講了，說：『像妳這樣的黃臉婆讓人感覺很沉重，每天從早到晚皺著眉頭開口閉口就是要省錢，我已經受夠了。男人都還是喜歡擦著口紅、笑臉迎人的可愛小姐啦。』半年後我們就離婚了。」

「原來妳有過這麼一段往事呀。」

「我為了重振自己、重新出發，所以就回來東京了。現在說實話可以擺脫房貸真的是鬆了一口氣。我打從心底覺得輕鬆，感覺徹底獲釋。」

「妳女兒呢？」

「我女兒在義大利從事設計方面的工作。以前讓她吃了不少苦，現在她可是很堅強的。我前夫只聽說他自願申請了破產，之後怎麼樣就不曉得了。」

「妳吃了不少苦呢。」

「現在雖然沒有自己的房子，但也沒有房貸了。我感覺要是自己有一雙翅膀的話，想飛到哪都不成問題。」

「其實我……」

「寶田小姐妳不用勉強自己說，我非親非故地跟妳聊那麼多自己的事，是因為已經太久沒碰到跟自己同年紀的女性了。一想到我們走過同樣的時代，就忍不住想跟妳說一說。」

「沒這回事，我也想讓妳聽聽我的故事，真的。」

東洋子從與婆婆同居後的生活開始娓娓道來。

森園小姐直直地盯著東洋子看，時不時點頭，相當感興趣地聽著。

「妳也是很辛苦呢，有跟家人說妳離家出走嗎？」

「我誰也沒說。」

「那妳婆婆現在怎麼辦？」

「我先生他姐有過來幫忙所以沒問題。」

我離家出走的隔天因為擔心我婆婆，所以試著打了一通電話回家，結果——

——喂，這裡是寶田家。

是大姐明美的聲音。

——喂，請問是哪位？

聽到這聲音東洋子隨即把電話掛掉。

果然自己不在家也沒問題的。

姑且是放心了。

雖然這樣講話或許聽起來很自我，但其實感覺非常空虛。

風聲可能已經傳到桃佳那去了，小姑清惠應該也有空，所以她也有可能去幫大姐的忙。明明就有那麼多人在，自己應該再早一點求救的。

不對，真的是這樣嗎？雖然自己沒有把「我不行了，救我」這樣的話掛在嘴上，但大家應該都是有察覺到的。自己因為嚴重睡眠不足，身心都已經瀕臨崩潰的臨界點了。

不過自己或許還算是幸運的，在這個世界上身陷一人單獨照顧老父母這種悲慘處境的人多不勝數，老人院客滿他們住不進去，然後身上也沒幾個錢。

「對我婆婆來說，比起媳婦來肯定還是親生女兒好，現在她們母女可能聊往事聊得正開心呢。」

「簡單來說就是妳爆發了。」

「我是不是很冷漠的人？」

「沒這回事，妳也只剩十五年好活了，我甚至還覺得妳太晚離家出走了。」

「聽妳這樣說我就安心了，不過我還是把這棟公寓的地址跟電話寫在紙條上，放到了廚房的櫥櫃抽屜裡。如果他們如果真有心想知道我的下落的話，應該會在家裡翻箱倒櫃找尋線索，所以我想他們發現紙條後會打電話來的。」

「來，今晚就喝吧，喝吧。」

東洋子早已經做好孤獨度日的心理準備，結果沒想到這麼快就能結交到如此意氣相投的朋友。

上天似乎還沒對我見死不救。

*

「活著真是對不起。」

菊乃直盯著天花板嘴裡這麼嘟噥著。

正樹的聲音從廚房傳了過來。

「不會吧，你在開玩笑嗎？你還沒退房？簡直叫人不敢置信，我上次打電話給你已經是四天前的事了耶。老爸，你別太過份喔，奶奶是你媽耶。你未免也太好命了吧，把照顧父母的工作推給孫子，自已跑去國外旅行。媽已經離家出走五天了，音訊全無耶。」

你們要是以為老人家個個都耳背的話那就大錯特錯了。菊乃直盯著門看。

「啥？我就說了誰管你呀，你長久以來的夢想跟我有什麼關係？青春？你是認真的嗎？你都老大不小了，是不是頭殼壞掉了？現在就連高中生都沒人在談論青春的啦，唉真的是有夠丟臉的。你要是那麼想旅行的話不會等奶奶死了再去？再忍個兩年不就好了？」

活到這麼老真是抱歉啊。要是自己不在這個世上的話，也不會搞到東洋子離家出走，而且他們夫婦倆還能恩愛地出國旅行。

菊乃在心中這麼想著，大大地嘆了一口氣。

心裡很明白自己在這個家中是麻煩人物，也曉得因為自己這個家正在逐漸崩毀。但是，自己也不是因為想活下去才這樣苟延殘喘地活著，就是死不了所以沒輒。我到底該怎麼辦？

再說，以前的人是比現在的人要來得更看重、尊敬父母的，一想到這一點，一方面除了想早點死，一方面又覺得抱著這種悔恨的心情哪死得了。

「喂，我是正樹，是清惠姑姑嗎？」

菊乃豎起了耳朵細聽從走廊另一端傳來的聲音。

「什麼，您有聽說？喔，明美姑姑有打電話過去呀，這樣的話那我就不用解釋那麼多了，明天，啊、不，今晚可以請您過來嗎？拜託您來住一晚。不方便……是要去什麼地方呢竟然連自己的媽媽都可以見死不救。」

正樹也很敢講呢。

「倒店特賣？那是有多重要？很便宜？欸，姑姑呀，什麼我怎樣？我也是有我自己的事要忙，我為了要找工作每天都很努力的。」

為了要擺脫看護老人的工作，每個人似乎都可以大言不慚地說謊。

我要活下去。

我也要善用富美子告訴我的那個地下法條。

只要把年金跟醫療補助都退回去，然後再當志工就行了對吧。

但是自己該怎麼辦才好？

這對每天都躺在床上的人來說是不可能的。

小夜跟富美子都能繼續活下去，只有自己會從這個世上消失。

這讓人覺得難受到不行。

如果自己還能動的話，有很多可以教人的事。

自己可是有花道教師的證照。小女兒清惠開始唸短大後生活變得比較清閒，於是就開始學習年輕時一直想接觸的東西，其中就屬花道學得特別上手。此外，雖然沒有證照，但自己對於教人做菜或是怎麼穿和服都還算有自信。

但是自己是一個只能躺在床上的人。
唉，究竟該如何是好？
菊乃滿腦子想著這件事，度過了一個無眠的夜晚。

＊

人在上海某間飯店的寶田靜夫敲了敲隔壁房的房門。
心情真是沉重。
藤田可能是剛沖完澡，見他一面用浴巾擦著稀疏的頭髮，一面將門給打了開來。
「藤田，真的是對你很過意不去，我得臨時回國一趟。」
「為什麼？」
以前是登山社社長的他將本來就很大的眼睛瞪得更大了。
「家裡出了一點事。」
「你如果不介意的話要不要跟我談談？我們的旅行才剛開始，就這樣解散的話感覺很可惜。」

靜夫進了藤田的房間，坐到了椅子上。

以前學生時期藤田的外號是「聖人」，他的個性溫和，而且相當照顧身邊的人，靜夫從年輕時就覺得他是個胸襟非凡的人。

「這件事說來丟臉，我太太好像離家出走了。剛剛我兒子才打了電話過來。」

「你太太離家出走？為什麼？」

「我不曉得，聽我兒子說是因為在家看護太累了。」

雖然靜夫心想會不會是老大不小還去搞婚外情，但終究還是說不出口。

「看護誰？」

「我媽她現在每天躺在床上動不了。」

「這你怎麼沒跟我說？你該不會是把看護的工作都丟給你太太，自己跑出來旅行吧？」

藤田正瞪著靜夫看。

「是啊，畢竟我一個大男人留在家什麼忙也幫不上啊。」

「你這個傢伙真是……」

「什麼嘛，你幹嘛那麼生氣？」

「簡直是叫人無法置信。」

「是怎樣？藤田你還是跟以前一樣愛大驚小怪。我老媽可沒有癡呆，她不會在街四處徊遊蕩。是說她每天躺在床上，當然不會四處遊蕩。反正我們家雖然說是看護，但不是那種很辛苦的看護。」

「寶田，你最好馬上回去。」

「這樣啊，真抱歉。我過兩三天後就回來，要不要約在北京會合？」

「你在胡說什麼，這趟旅行取消了。」

「你在說笑吧，這又不是什麼很嚴重的事，再說我還有姐姐跟妹妹，我女兒也在，根本就沒有必要回去。只是剛好我兒子打電話來被他逮到而已，只要馬上回國一趟事情就能解決的，不會影響到旅行。」

「不行，就取消了，我跟你一起回國。」

「為什麼藤田你也要回國？」

「如果我不這樣做的話，你就搞不清楚事態有多嚴重。你不曉得身邊的伴早自己走一步有多麼痛苦……」

藤田突然說不下去。「早知如此，生前我對她……再好一點就好了。」

「你在說什麼呀，你們夫婦倆感情不是很好嗎？」

「……我太太死後我發現了她的日記，裡頭寫滿了對我的怨恨，整整有三十本筆記本那麼多，以為我們倆感情很好的似乎只有我而已。」

「女人真是小心眼，真的是讓人覺得很可怕。女人這種生物啊為什麼就不能活得心胸寬闊一點呢？有什麼想說的就在那個當下直說不就好了。」

「她有對我說，現在回想起來我太太確實有發出訊號，而且是相當明確的訊號。但是我只是嫌麻煩，一直假裝不曉得而已。」

「會這樣也沒辦法啊，工作那麼忙。」

「工作忙是當不了藉口的，再說寶田你太太也一樣忙吧。比起你這個上班族，她每天這樣看護，自己的時間可是來得更少。」

「你說她比我忙？怎麼可能……」

「你太太是不是一個晚上得起床好幾次？」

「是這樣沒錯，我老媽一個晚上都會按好幾次鈴。」

「長期下來睡眠不足的話對身體的影響是很大的。」

「她可是專職家庭主婦耶，白天肯定會午睡的。」

「她哪有那種美國時間可以午睡。」

「可是我也是每晚都被我媽的鈴聲給吵醒，隔天還不是一樣乖乖去上班。」

「你被吵醒後不是馬上又可以睡嗎，但是你太太呢？她也是睏得不得了，但還是得爬起來去看你媽，你的辛苦根本就跟她沒得比的。」

「但我不覺得她有那麼辛苦。」

「那我問你，你太太的興趣是什麼？」

「興趣？她年輕時是有很多興趣，但現在也有年紀了，應該沒什麼興趣可言吧。」

「不是這樣的。她是因為有看護的工作在身，所以無法有任何興趣，你這傢伙到底有沒有在關心她呀？」

「你這樣指責我，但我可是到前一陣子為止都一直在工作，這個家可是靠我的薪水來支撐的。要是我來接手看護的話，你叫我們靠什麼吃飯？」

「你們請家庭看護不就好了？至少那段期間你太太還可以喘口氣。」

「那是不可能的，我老媽不讓外人進家裡。」

「那能說服你媽的不就只有你這個做兒子的嗎？」

「我？說服我媽？我才不要。」

「你這個人真的是無藥可救了。」

藤田用力地坐到床上。「再跟你說下去也只是浪費時間而已，我不曉得你無藥可救到這種程度。」

「等等，你這樣說也太過份了吧，我嚥不下這口氣。」

藤田默默地起了身，從房間裡的冰箱拿出兩罐啤酒。

他靜靜地將其中一瓶遞向了靜夫。

「寶田，如你所知，我現在是跟我女兒夫婦倆一起住。自從我太太死後就突然覺得家裡大得不像話，再加上翻出了我太太的日記，更是把我推到了谷底，剛好這時我女兒夫婦倆為了方便照顧我住了進來。」

藤田這麼說著，坐到了窗邊的沙發上，喝起了啤酒。

「我在近距離觀察到他們夫婦倆的相處模式後，深深地反省了自己。我女婿對我女兒真的很好，很會為她設想。可能也是因為他們兩人都有在工作，他總是搶著做家事。我覺得那樣的男人才是真正的大丈夫，雖然他身為一個大男人卻戴耳環這一點我到現在還是看不慣。」

「耳環？真的假的？你怎麼會」允許這樣的男人跟自已女兒結婚？

靜夫把到了嘴邊的話給吞了回去。如果是自己的話，肯定不想跟這樣的男人同住一個屋簷下。當然，要跟自已女兒結婚也是絕對不可能的。

再說，有哪間公司會允許自己的男性員工戴耳環？

「你女婿不是在一般企業上班的人嗎？」

「他是美髮師。」

靜夫感到無話可說。

藤田的獨生女可是畢業於帝都大，聽說還代表畢業生在畢業典禮上致詞，之後就接著進入了總務省工作。

「所以我也變得不得不幫忙家事，畢竟我女兒早出晚歸，女婿的店面營業時間又是早上十點到晚上九點。美髮師要站一整天工作，很辛苦的。我女兒肯定在內心暗自希望死掉的不是我太太而是我吧。要是今天是我太太在家的話，家事就可以全權交付給她，但我卻什麼忙也幫不上，只會給他們增添多餘的麻煩。話雖這麼說，做菜這種事也不是三兩天能上手的，所以我就自願幫忙洗衣服、掃地跟處理社區的雜務。」

「你別跟他們一起住不就好了，這樣不過是自己找罪受而已。」

「寶田，你跟你女兒還有兒子感情好嗎？」

「一點也不好。」

「我也是。我跟我的獨生女完全無法講內心話，我太太還在世時，總是有她在中間當潤滑劑。但我女婿他啊，雖然是個大男人，卻相當健談而且總是笑個不停。」

「那還真是……」輕浮啊，靜夫心裡雖然這麼想，但卻無法老實說。

「所以我真的很慶幸有他在，他是我跟我女兒之間的緩衝墊，比起跟自己女兒說話，跟他說話我還覺得比較輕鬆。他雖然已經年過三十，但還是非常有赤子之心。」

藤田這麼說著又喝了一口啤酒。

「話說回來藤田，那些三十本日記你全都讀了？」

「嗯，都讀了。我讀完第一本後，完全沒有勇氣再讀接下來的二十九本，還曾想過把那些日記給扔了。但是，我太太她是刻意留下那些日記的。她不是因為交通事故突然走的，而是得了癌症前後反反覆覆住院，所以只要她有心，隨時都能把那些日記給扔了的。也就是說，她是刻意要讓我讀那些日記的。」

「我還是無法理解。」

靜夫無法認同，藤田可是「聖人」呢，會有什麼理由被妻子這樣怨恨？自己也是為了妻子一路奮鬥了過來，度過了痛苦的上班族人生。無趣的工作內容、上司莫名其妙的嫉妒、桀驁不馴的部下，這種讓人胃痛的生活可是持續了三十年。絕大多數的男性應該也都是這樣過來的，最好的證明就是，在七十歲死亡法制定後，馬上就有幾十萬人相繼提前退休。如果對於工作有熱忱、把工作當自己的生活重心的話，是不會就這樣馬上辭職的。

相較之下妻子可以一整天待在家裡，自己可是羨慕得不得了。一直覺得跟自己比起來妻子肯定輕鬆很多的，而且……

「對了藤田，我太太她可沒有反對我來這趟旅行喔。」

「你覺得她是心甘情願把你送出家門的嗎？」

「那當然。」

「不對，你太太她是已經看破了。」

「看破什麼？」

「看破你這個人了。」

寶田靜夫站在自家大門口。

——回去，就算你不回去我明天也會自己回國。

雖然並非出於自願，但還是被藤田逼得不得不回國了。

一打開大門迎面撲來一股惡臭，是一種排泄物混著廚餘的強烈惡臭。

「你再說一次，真是沒大沒小，一張嘴這麼利。」

屋內突然傳來了怒罵聲，靜夫在玄關處停下了腳步豎直了耳朵。
「奶奶妳太任性了。」
「你明明就閒閒沒事做，去山椒屋買壽司捲回來是會怎樣？」
「妳這麼想吃不會自己去買！」
兩人的對話在這裡中斷了。
靜夫悄悄地脫下鞋子，往走廊深處前進。
正當他準備敲母親的房門時，裡頭傳來了啜泣聲。
「奶奶抱歉，我是因為睡眠不足才會這麼暴躁，但妳真的沒必要一個晚上按那麼多次鈴。」
靜夫不曉得敲了門該說些什麼，於是又沿原路折返回廚房。
流理臺上堆滿了像山一樣的碗盤，桌子已經完全化身為置物櫃。
「欸，老爸，你回來了啊。」
正樹端著裝著用過碗盤的托盤走了進來。
自己還記得正樹喊自己「把拔」的情景，那時正樹還是小學低年級生。仔細想想，自從那之後兩人似乎不曾好好說過話。被他喊老爸多少覺得怪怪的，但除此之外也沒別的叫法了。正樹不願正眼看自己，自己與兒子之間的關係有一段長期的空白。特別是正樹在辭去大東亞銀行的工作後幾乎就不曾踏出房門一步，兩人根本碰不上面。

那有什麼不對嗎？

這樣很正常吧？

自己也幾乎沒怎麼跟自己的父親說話，但也不會因此感到困擾。父子間的交流本來就是這樣，幾乎可以說是沒有必要。最近很常聽到家庭主夫這樣的說法，不過自古以來那種為了受歡迎而努力討女孩子歡心的傢伙沒一個是正經的。藤田也是腦袋有問題，竟然會幫戴耳環的女婿說話，真是沒出息。

「正樹，你媽上哪去了？」

「這裡。」

正樹這麼說道，搖晃了一下手上的紙條。

仔細一看，上頭寫著台東區上野的地址。她似乎還買了手機，上頭也寫有電話號碼。

「我現在去一趟山椒屋。」

「出去之前先把這裡整理一下，臭得我快受不了了。」

「垃圾應該要倒到哪才對？」

「我哪曉得。」

「星期幾可以丟垃圾？」
「我就說了我不曉得。」
「對了老爸，給我買壽司捲的錢，奶奶她以前是這副德性的嗎？架子很大又不出錢，不管我做什麼她都不滿意，一整天在吼我。」
「你別這樣說話，人上了年紀都會變頑固的，我過世的老爸也是這樣的。你就睜一隻眼閉一隻眼對她好一點。」
「那我來打掃家裡，老爸你去山椒屋。」
「為什麼是我去，你開什麼玩笑。」
「那我去山椒屋，老爸你來打掃。」
「我就說了為什麼叫我來，我才剛回國，累得要命。」
靜夫這麼說著，打開了冰箱看裡頭還有什麼東西。
「老爸你到底是回來幹嘛的啊？」
「先別說那麼多，有沒有吃的，我肚子餓了。」
「你不是在跟我開玩笑吧？真拿你沒辦法，真的是。算了，老爸你也年紀大了，人才剛回國很累確實也是事實，今天就不跟你計較。我熱奶油燉菜給你吃吧？」

「喔，是姐姐煮的呀？」

「那人才沒麼好心呢，是我煮的啦。奶油燉菜配吐司可以吧？」

靜夫以為正樹每天就關在房裡懶散度日，沒想到手腳還滿俐落的。

「正樹你看起來神采奕奕的呢。」

「你誇獎我一點也不值得開心。」

「我也沒在誇獎你。」

「是喔。你別坐下，自己去烤土司。」

*

桃佳造訪了久違的髮廊。

今天想要把頭髮染成亮一點的顏色。隔天的休假日要跟亮一去約會。

主動提說要去迪士尼樂園是自己。為了表示是以朋友身分邀請他去，桃佳用的是事先想好的這一套說詞。

——過了三十歲還沒有男朋友的話，就很難去迪士尼樂園了呢。只有高中女生會三兩好友一起去，跟我同年紀的女生要不是跟男朋友、要不就是推著嬰兒車去，但這兩種情況對我來說都是不可能的。不過我偶爾也還是想去一下迪士尼樂園，福田你能不能幫我個忙，陪我一起去？

其實在迪士尼樂園裡看得到很多中年女性是呼朋引伴去的，但是就亮一平時的言行舉止來看，他應該對那樣的地方不熟。

——是這樣啊，我懂我懂。

亮一笑著這麼回答。

——我們現在在這樣的地方上班，偶爾去一下遊樂園對於心理健康應該很有幫助。雖然只是錯覺而已，但去到迪士尼樂園就會覺得有美好的未來在等著自己。

——所以說你願意陪我去囉？

——嗯，一起去吧。希望當天會是好天氣。

自己只要能遠遠地看著亮一就心滿意足了。

去迪士尼約會是第一次，應該也是最後一次。

「妳看起來還年輕，這種顏色如何？」

設計師手指向目錄上的顏色。

看起來還年輕？會被這樣說就表示其實已經不年輕了。

下個月就要迎接三十一歲的生日了。

「好像有點太亮了。」

「這樣啊，那這種顏色呢？」

皮膚看起來很水潤的年輕設計師這麼問道。

「嗯，就這個顏色好了。」

當晚，桃佳打開電視，正好在播放討論七十歲死亡法的節目。

打開電視時剛好一位男性正站起來發言。別在他胸前的名牌上寫著「河田義雄　七十八歲　無業」。

「我們年輕時也是吃了很多苦過來的，所以現在才能這樣享福。所以剛剛發言的那位小姐不用那麼擔心老後的問題，人生總是會有出路的。」

他這麼說著轉向一位年輕女性笑了笑，彷彿像是在看著某種可愛的小動物一樣。

鏡頭特寫了那位女性，她胸前的名牌寫著「佐藤洋子　二十歲　幼稚園老師」。

「你別開玩笑了。」

年輕的幼稚園老師直直盯著那位老人看。「如果把你的話當真、悠悠哉哉過日子的話，可是會餓死的。」

剛剛那位老人哈哈哈地笑出聲來。

幼稚園女老師見狀，聲音裡頭帶著怒氣這麼說。

「我可不是在說笑，前陣子新聞才報了有人因為領不了弱勢生活補助金餓死。老年人跟年輕人之所以會有不同的價值觀，就在於你們是受到禮遇的世代，但我們卻不是。我這樣說你明白嗎？」

那位老人臉上的笑容散去，取而代之的是一副好似由愛生恨、看起來相當不高興的表情。

沒錯沒錯，就是有這種男的。

不管在哪工作，每次碰到這樣的男人都覺得很棘手。

——也不想想自己不過是女人，跩什麼跩。

對方一旦開始產生這樣的想法，就會從和藹的老爺爺變成會講一些難聽話的變態。這種男人從頭到尾在意的就只是對方到底有沒有把自己當一回事，非常難搞。以前會在職場上感到壓力，有一部分也是因為有這樣的人存在。

「小姐，妳說這種不可愛的話會找不到男朋友喔。」

來了、來了。

男主持人一副慌張的樣子，拼命眨眼睛。

「唉呀唉呀，這樣說話會被說成是性騷擾的，河田先生，那個……」

男主持人對老人這麼說，但話卻被打斷了。

「我現在跟男朋友同居中，請問有什麼意見嗎？」

幼稚園老師冷冷地這麼回嗆。

看著電視的桃佳忍不住笑了出來，確實是還滿不可愛的一個人呢。

「請問我可以繼續說嗎？」

幼稚園老師這麼問道。

「沒問題，請。」

擔任助理的女主持人迅速地這麼回她。

「我希望像現在一樣只把稅金用在老人身上的時代可以早日結束，請不要扣掉年輕人微薄的薪水來支付給有錢老人的年金。」

「原來如此，以上是來自年輕人的寶貴意見。現場還有哪位來賓想要發言？」

男主持人環視著攝影棚。

「不好意思。」

這麼說著舉起手的是一位留著長髮的美女，她的名牌上寫著「飯田妙子　專職主婦

三十八歲」。

「前陣子我跟家長會的朋友聊到這樣的事，我們覺得國家其實並不需要給予小孩子任何補助，只要想到這個國家的未來，就覺得不應該領補助。對於有錢人來說那些補助根本算不上什麼，而對於貧困家庭來說不過是杯水車薪，但是全國這樣補助下來應該也要花上幾兆日圓吧？這些錢都是納稅人繳的吧？我覺得這樣的錢應該可以用在更有意義的地方上。不過大家雖然嘴上都這麼說，但實際沒有人不領的，我們家長會中有一位有錢的社長夫人，就連她也定期在領。我認為，因為大家都領，所以自己不領的話就很吃虧這樣的想法很不可取。我感覺吃虧呀、佔便宜呀這樣的想法，本身就不是很高尚。就在我這陣子在思考這些事時，聽說了退回年金的老人家開始變多，讓我有生以來第一次覺得老人家是很值得尊敬的。我現在正跟我先生在討論要將今年度領的兒童補助捐給育幼院之類的地方。」

「感謝您分享這一段佳話。」

男主持人臉上浮現祥和的微笑。

「那麼現在就邀請今日的現場來賓，小說家山口里子來與我們分享她的看法。我聽說您也

考慮要將財產捐出去是嗎？」

「沒錯，雖然現在產量已經不比年輕那時，現在我還是多多少少有在寫小說。我先生以前是國立大學的教授，退休後在私立大學教書，所以目前我們夫婦倆還是有收入。我們絕非資產家，但目前的財產要用在人生剩餘的兩年絕對是綽綽有餘。因為我們膝下無子，所以兩人討論了一下該怎麼處置財產。我先生那裡有一些甥姪輩的親戚，但也只有在婚喪喜慶時碰過幾次面而已，不是特別熟。如果不做任何安排的話，財產就會由他們來繼承，但我們覺得這樣好像不太好。我這樣的想法可能有點傳統，但我還是覺得人是要透過個人的努力來累積財富比較好。平白無故從親戚那裡繼承財產，說不定反而會毀了那些甥姪輩們的人生，所以我們才決定要將財產給捐出去。一直到前陣子我們都在考慮要將財產捐給老人院，但是隨著七十歲死亡法的實施，大部分的老人院都將消失。所以我先生就想說可以捐給中小學，讓他們擴充設備。我心想這也沒錯，贊同了他的意見。日本最大的財產不就是人嗎？而人的根本就在於教育。前陣子我們向政府諮詢了這一點，得到的回覆是他們會妥善運用我們的財產。」

「哇，真是一樁佳話，日本人很有相互關懷的精神呢，真是讓人感到開心。」

「我也有話想說。」

一位看起來像紳士般的白髮男性舉起了手。是一位看起來很適合紳士手杖跟圓頂硬禮帽的老人家。

「我堅決反對七十歲死亡法，所以我跟二十五位鄰居串連起來組織了『田園調布七十歲同盟』，順帶一提我們的平均年齡是七十六歲。我們每天都在思索有沒有什麼能讓老人家盡享天年，又不會拖垮日本財政的兩全方法；當然，年金我們都已經退還給國家了。想到長期以來繳了那麼多勞健保費就覺得心有不甘，但是日本這艘船已經載浮載沉了，由不得我們奢侈。然後上週我們的成員將家中不用的東西聚集起來，舉辦了跳蚤市場。一些珠寶商跟骨董店不曉得從哪聽到了風聲，就連他們也跑來收購，最後結算的銷售金額出乎我們意料之外的高。我們指定要將這筆錢用在擴充育幼院的設備上，把錢捐給了政府。也就是說，大家只要互相為彼此著想，就算沒有七十歲死亡法也不怕國家財政出問題。」

「今天聽到各位的意見，我也開始覺得如果真能募集到那麼多捐款的話，日本說不定不需要七十歲死亡法也能找到一條活路。」

男主持人看似欣喜地這麼說著，老人家又接著繼續說。

「那種法律真的是很要不得，這麼做有違人倫啊。但是，也多虧有這條法律，大家才會開始認真思考這個國家的經濟狀態，所以還是很有存在價值的。」

這位老紳士說得一副好像這條法律已經被廢除一樣。

事到如今還有可能踩剎車說要廢除嗎？如果真被廢除的話，已經捐款的人會不會覺得很後悔？

攝影棚內的氣氛與桃佳的擔憂完全相反，莫名地充滿一股樂觀的氛圍。

「關懷他人的同理心、人情味、禮讓精神，日本人真的很了不起。這樣下去說不定七十歲死亡法真的有機會廢除。呃……什麼？啊，好。距離節目尾聲還有一點時間，最後讓我們來介紹觀眾們傳真過來的意見。節目裡湧入了大量的傳真，非常感謝各位的踴躍參與。」

男主持人這麼說完後，鏡頭轉向了女主持人。

「那麼就讓我來讀其中的一則傳真，這則傳真是來自於住在栃木縣的一位六十來歲男性。」

——世人雖然大加撻伐七十歲死亡法，但我卻是非常贊成。在財政改革後老人院的床數被大幅縮減，不管怎麼等老人安養中心永遠是客滿狀態，我前面排了五百個人，到現在一步都沒有前進。我們家的人個個都很健康長壽，我爸罹患了失智症，現年雖然已經九十歲，但他只要一看到女性，就會都想對人家上下其手，會去亂摸甚至是想撲倒那些避之唯恐不及的女性——

讀著這段內容的女主持人目光一瞬間變得相當游移。

「啊，非常抱歉。」

她這麼說著，目光又急忙重新回到了紙上。

——我們除了將他綁在床上以外別無他法。我無論是長相或是個性都跟我爸很像，雖然我不曉得失智症會不會遺傳，但只要一想到在不久的將來我可能會變得跟我爸一樣，就覺得相當絕望。因為不想帶給自己的兒女同樣的負擔，所以我希望在失智症發病前就能死。老人家看護老人家相當辛苦，我們的現狀是連孫子都被拖下水。不僅是孩子，就連孫子都要被犧牲這樣對嗎？也因此，這條法案對我來說是天大的好消息，毋須自殺還可以獲得安樂死，也不用擔心增加兒女的負擔。這樣一來，我就覺得自己可以好好享受餘生，我以前都不曉得不用憂心面對未來，原來能帶來如此平和的心境——

「呃……」

男主持人的聲音明顯地變得不悅，他在內心一定是這麼想的。

——好不容易可以在歡樂的氣氛下將節目收尾的，怎麼偏偏就挑這種傳真來唸……

「我覺得不能這樣責備自己的父親。」

一個熟悉的聲音響起。

鏡頭捕捉的是以有人情味出了名的在野黨女性議員。

「淺丘女士，還請您發表高見。」

男主持人一副求救似地這樣說。

「像剛剛那位觀眾的情況的話，被看護的爸爸在精神上想必也承擔了非常大的壓力，所以政府必須要強化社會福利。」

「淺丘女士您一路走來始終是站在反對七十歲死亡法的立場對吧？」

「當然。」

「但是，這條法案是為了拯救日本的經濟窘境才通過的，再去加強老人家的社會福利不是自相矛盾嗎？」

「不管是面對什麼事，積極進取的精神才是最重要的。」

「什麼？您說積極進取？啊？時間到了？好的，各位觀眾我們下週同一時間再會。」

多虧了日本是老人大國，今後自己跟亮一之間肯定不用擔心沒有話題聊。

*

「他來了。」

聽到峰千鶴這麼說，正樹抬起頭來，只見自動門打了開來，澤田正走向這裡來。

中午的家庭餐廳擠滿了上班族跟帶著小孩的年輕媽媽。

「讓你們久等了。」

澤田露出了靦腆的笑容。他臉上的浮腫已經退去，恢復成讓人聯想起他中學時期的可愛模樣。

自從上次之後，正樹跟千鶴兩人三番兩次造訪澤田的住處，最後總算說服了他離職。澤田一開始還頑強抵抗，認為離職了就會沒飯吃，但在耐心與他商談後，他才總算把過勞死了就沒戲唱這種理所當然的道理給聽進去。因為他還有一些存款，正樹跟千鶴建議他暫時過一陣子「吃飽睡、睡飽吃」的生活，因為兩人都認為這是恢復體力跟精神最快的方法。

「跟你們在一起感覺好像回到了國中一樣。」

澤田一邊這麼說，一邊展現了旺盛的食慾。

就在此時，千鶴的手機響了起來。在吃飯的途中她的手機響了好幾次。

「喂，那個已經下單了，後續就交給你了，拜託啦。」

似乎是她店內的員工。

「千鶴妳這個時間丟下店裡不管沒問題嗎？」

澤田看似擔心地問道。

「之前很能幹的一個員工上個月突然自己出去開店，所以現在有點手忙腳亂的，不過剛剛那通電話差不多已經把事情都解決了。話說回來澤田你的臉色變得很好呢。」

「都是託你們的福，雖然我比較有精神了，但怎麼換成寶田你看起來那麼累？」

「其實我最近睡眠不足，會這樣是……」

正樹把母親離家出走、自己現在跟老爸兩個人在看護奶奶的事向兩人全盤托出。

「不過還真是訝異呢，你那個媽媽竟然會離家出走。」

「咦，澤田你認識寶田他媽呀？」

「因為國中時我常去寶田他家玩。不過感覺那麼持家的一個人竟然會把一個只能躺在床上的老人丟在家裡不管離家出走，還真是不得了呢。」

「看護的工作想必相當辛苦吧。」

「我家的奶奶呀，腦筋轉得特別快，一整天都在看電視所以常識相當豐富，開口說話又很得理不饒人，真的是很惹人厭。」

「上廁所時怎麼辦？」

「她有包尿布。」

「那誰幫她換尿布？」

「家裡只有我一個人在，所以都是我幫她換的。」

聽見正樹這麼說，千鶴跟澤田都用相當吃驚的表情看向他。

「哇，還真是意外，沒想到你竟然願意做這種事，我一直以為你是對這種事避之唯恐不及的人，千鶴妳不覺得嗎？」

「我倒是沒有這麼想，因為寶田本來人就很好。」

千鶴一邊這麼說著一邊直盯著正樹看，使得他心跳加速。

「話說回來寶田你奶奶的一天是怎麼過的？」

「看看電視或是看書之類的。」

奶奶昨天說想看相簿，所以才把大量的相簿搬進了她的房間。

——正樹你留下來，我不想自己一個人看。

奶奶這麼說。

——不曉得為什麼自己一個人看不下去，但有正樹一起的話就看得下去。

於是兩人一面翻著相簿憶當年，熱烈地訴說著往事。

「看電視也是躺著看嗎？」

「沒有，她是坐在床上看的。」

「所以她上半身還是能活動的嘛，為什麼她不坐輪椅呢？如果能坐輪椅去上廁所的話，看護的人也會輕鬆很多喔。」

「對耶，為什麼奶奶她不坐輪椅呢？可能是走廊太窄輪椅過不去吧。」

「也有小型的輪椅呀，我們店裡就有賣，如果你家需要的話可以算你便宜一點。」

「千鶴妳很會做生意耶。」澤田笑著說。

「都是因為七十歲死亡法通過，所以我們現在生意很慘淡，需要看護的老人今後不也會大幅減少嗎，真的是很頭痛。」

隔天，千鶴開著小貨車來到了寶田家。

她將頭髮綁了起來，身上穿著繡著「裝潢整修・峰」這幾個字樣的外套，看起來相當有精神。

「歡迎歡迎。」

靜夫掛著滿臉的笑容走到大門口去迎接她。「我都不曉得正樹有這麼可愛的一個女朋友。」他好像誤會了。

「那麼先讓我確認一下屋內的狀況。」

千鶴手上拿著一個手掌大小的機器，用它開始照射走廊的各處。

「這是什麼機器？」

靜夫興致勃勃地這麼問。

「這是雷射測距儀，有了這個不用量尺就能既快速又準確地測量出距離。」

「噢，好厲害。」

爸他不曉得在想些什麼，展現出少有的好心情。

「這個走廊的寬度輪椅可能過不去，雖然也有比較小臺的輪椅，但我想那種輪椅可能也過不去，不過要拓寬走廊的話工程又會很浩大。」

千鶴這麼說著，探頭看了看廁所跟浴室，俐落地抄起筆記。

「奶奶的房間在裡面。」

敲了敲門後，裡頭傳來了聲音有點尖銳、聽起來很刻意的「請進」。昨天正樹就先跟奶奶說好了千鶴要來。

「打擾了。」

「歡迎，這麼可愛的小姐來我們家玩啊，正樹你們倆看起來很登對喔。」

「我就說了我們不是那種關係嘛，不過就是以前的同學……」自己才剛這樣說，千鶴就回了「謝謝您」，還對奶奶笑了笑。

「媽妳從以前都沒想過要用輪椅嗎？」

「小靜我又不外出的。」

「奶奶妳不會偶爾想出門嗎？」

自己有時都會想出門到不行，那種時候就會看準了半夜去便利商店或是DVD出租店。奶奶這幾年都沒踏出家門一步，不會受不了嗎？

「我當然有時候也想外出，但是坐在輪椅上的樣子被認識的人看見的話很悲慘的。」

「住我們家對面的那個爺爺每次都坐輪椅到處行動喔。」

正樹二樓的房間剛好就面向馬路，所以外頭可以看得一清二楚。尤其是對面那一戶爺爺要出門時都聲勢特別浩大，不想聽也會聽到。會這樣也是因為從他們家門口到馬路上有三階左右的石階，負責把輪椅往下抬的是老奶奶跟他們家的媳婦，雖然不過三階而已，卻相當吃力，那光景危險到他都不敢看下去。

「這種事東洋子都不跟我說，真的是很壞心眼。」

「那要是奶奶妳知道的話會想坐輪椅去散步嗎？」

「這就不好說了。」

「馬路轉角那一戶山路家的奶奶也是每天早上牽著狗去散步喔，那隻狗很大，看她每次都是被狗拖著前進，感覺像是半慢跑一樣。」

「真的嗎？那個年紀了還跑得動嗎？那個人年紀可是比我大耶。」

「她小腿上的肌肉看起來不像是她那年紀的人會有的。」

這些都是正樹透過二樓房間的窗簾縫隙看到的。

「這樣啊。」

奶奶的臉色黯淡了下來，可能是那些不必要的話害她心情低落了。

「不過在窗外看得到的老人肯定都很有精神的，畢竟路上能看到的也只有在外頭散步的人而已。」

雖然正樹又急急忙忙補上了這句話，但她的神情看起來還是很低落。

「要不要考慮買一臺外出用的輪椅，可以出門的話心情也會比較好，我把型錄也帶過來了，歡迎參考。另外，要不要考慮把這個房間的壁櫥或是壁龕改造成有洗手臺的廁所？」

家中所有的人都對千鶴的提議露出吃驚的表情。

「這個提議還真是大膽呢。」爸這麼說。

「沒這回事，很多需要看護的家庭都是這樣整修的。另外，外廊上也可以蓋一間浴室。」

「這位小姐，昨天我也跟正樹說了，讓妳跑那麼一趟雖然很過意不去，但我可是一點都沒有意思要重新裝修，光是費用就很可觀吧？」

「媽，錢就無所謂了吧，妳存款不是很多？」

「小靜你在說什麼，我可是只剩兩年可活，不對，是一年十個月，既然遲早都要死的，這樣不是很浪費？留給明美跟清惠還比較好。」

「重新裝修的話可以提升生活品質喔，比方說在外廊上架一個斜坡的話就可以自行進出院子了。」

「什麼，妳說院子嗎？真的嗎？」

奶奶的眼睛一瞬間亮了起來。「不過還是算了，我只剩一年十個月而已了，太浪費了。」

「如果想去廁所的話儘管說，我揹您去上。」

「什麼？」

正樹跟奶奶對上了眼。

「原來還有這樣的辦法……」

為什麼以前都沒想到有這麼簡單的方法呢。不，媽應該有想到，只是奶奶那麼胖，媽媽背不動她。雖然家中有先生跟兒子兩個男丁，但她應該是已經放棄向我們求援了吧。

「我平常有在鍛鍊身體，要揹奶奶您的話不成問題，您穿紙尿褲還太早了啦，您腦袋那麼清醒，再說自己也有力氣從床上坐起來。如果有需要的話要不要訂製一個比較小的輪椅？雖然會稍微貴一點，但看在是同學的奶奶份上，我會儘可能算便宜一點的。只要整平了走廊地板的高低差的話就可以進廚房，這樣一來說不定還能坐在輪椅上自己做一些簡單的菜。如果想上二樓去的話，還可以裝設家庭用電梯，這部分我們也有承包，我先一併幫您列入估價單喔。當然，因為您是寶田的奶奶，我們會算便宜的。」

「噢，聽起來像是做夢一樣呢，但還是不用了。我已經說了好幾次，我再過不久就要死了。」

「門全部換成拉門的話也不錯，這樣就方便坐輪椅進出。」

千鶴接二連三地提出建議。「努力看看的話說不定有可能可以自己走路，在家中安裝扶手來進行走路練習怎麼樣？雖然會相當需要毅力就是了。」

奶奶雖然固執，千鶴也很不死心。

奶奶臉上和善的笑容消失了。

「妳有點死纏爛打耶。」

奶奶挑明了說。

「您的聲音聽起來真是年輕。」

「謝謝，大家都這麼說。」

奶奶嘴上這麼說著，但是表情看起來還是相當戒備。

「您的聲線高又響，聽起來很清楚，要不要試試看朗讀的工作？」

「我嗎？」

奶奶吃驚地看著千鶴。

「是為失明的人閱讀書的內容然後錄成ＣＤ，雖然沒有錢可以領，但我覺得奶奶您的聲音聽起來很有特色，很適合。」

「妳說沒有錢可以領，也就是說……」

「沒錯，就是當志工。」

「這樣的話說不定我也適用那個地下法條？」

聽見奶奶這麼問道，千鶴若有所思地用力點了點頭。

「真的嗎？真的嗎？」

不曉得怎麼搞的，奶奶的眼睛整個亮了起來。

「媽，妳說的地下法條是怎麼回事？」

「什麼嘛，你明明就曉得，每個人都把老人家當傻瓜。」

「我真的不曉得啦，聽都沒聽說過。峰小姐，這是怎麼一回事？」

聽見了父親這樣問，千鶴突然別開了目光，小小聲地這麼說。

「詳情我也不是很清楚，就只是聽說過有這麼一回事。」

千鶴突然變了一個樣，剛剛說話本來是很明確果斷的，現在則變得支支吾吾的，臉也紅了起來，究竟是怎麼一回事？

「總之妳盡快幫我估價。」

「媽妳要估什麼價？」

「就裝修啊。」

「什麼？妳不是不裝修嗎？」

「要啊，你有意見嗎？」

「我剛不是就勸妳裝修嗎？」

「那您想裝修哪幾個地方？我剛剛提議的是首先翻修這個房間，多蓋一間廁所，然後……」

「全部啦，全部。」

「感謝您。」

千鶴深深地低下了頭。

「我想要自己處理自己的大小事，所以花多少錢都無所謂。」

當天晚上。

「小靜，今晚又是吃泡麵嗎？」

今晚是由老爸負責煮飯。

「我放了白菜跟雞蛋進去，今天的跟昨天不一樣，比較豐盛。」

聽見老爸這樣回答，奶奶看起來一臉不滿地繼續說。

「泡麵鹽分太多了所以我才不想吃。唉，要是東洋子在就好了，她可是一次都沒讓我吃過泡麵。」

奶奶刻意大大地嘆了一口氣給爸聽。「從明天開始幫我準備蔬菜比較多的飯菜，不要煮太鹹喔。還有，床單也差不多該幫我換了。」

「床單前陣子不是才換過嗎？」

「都已經過一星期了。」

「床單這種東西一個月換一次就夠了。」

「小靜你變了，都不把媽當一回事了。」

奶奶這麼說著，眼淚湧上了眼眶。

「奶奶妳如果坐在輪椅上的話，就能隨時馬上幫妳換床單喔。」

「你這樣說也是，真期待輪椅送過來那一天。」

「話說回來，那孩子真不錯呢，正樹。」

「沒錯，這種個性爽快的女孩子，如果能嫁到我們家來的話就沒話說了。」

「媽想得跟我一樣呢。正樹，峰小姐她擅長做菜嗎？那孩子如果嫁過來的話就可以煮好吃的飯菜給奶奶吃，家裡也會變得乾淨一點。」

「欸欸，老爸，你是想把人家拿來取代媽用嗎？你也差不多一點。再說哪有人想跟一個沒工作的男人結婚？而且，要是我哪一天結婚的話，才不會留在這個家裡跟你們一起住。」

隔天，正樹為了要挑拉門跟扶手，去了千鶴家的店面一趟。

他們家的店比想像中要來得大，被帶進裡面後，一位中年女性員工將茶給端了過來。

「千鶴妳很喜歡現在的工作呢。」

正樹這麼說著，想起了她昨天到家中時神采奕奕的樣子。

「嗯，我現在工作非常開心。其實我一開始是在一間賣建材的大公司上班，以前完全不想繼承我們家公司，但我爸他不是病倒了嗎？剛開始雖然很心不甘情不願，但出乎意料地這份工作還滿適合我的，畢竟是可以自己下決斷的工作。」

「我至今還沒碰過工作得很開心的人，千鶴妳是頭一個。」

「這樣啊，這種現象仔細想想還挺可怕的。」

「話說回來那個朗讀的工作，我家奶奶很任性的，所以可能會給妳添麻煩。」

「沒關係啦，只要開始擔任朗讀志工，我想她一定會有所變化。工作是能改變人的，我看過好多老人家因為感受到自己的存在價值而找回了活下去的熱情。」

「真的啊。」

忍不住直盯著千鶴的臉看。

自己似乎從中學那時開始就滿有看女生的眼光的。

「唉唷，這樣很害羞耶，你不要一直盯著我看啦。」

頓時吃了閉門羹。「寶田你對裝修的工作有興趣嗎？」

「有啊有啊，現在突然變得很有興趣，我覺得無障礙空間是一門大學問。」

「真的嗎？太好了，那怎麼樣？」

「什麼怎麼樣？」

「我現在在徵求願意入贅我們家的人。」

「啥？」

「唉唷，你別在那裝傻了啦，明明國中那時就已經察覺到了我的心意。」

「什麼，我那時才不曉得呢，這種事妳不說我哪曉得。」

「我哪講得出來，當時寶田你可是大明星、眾所矚目的焦點，頭腦聰明又是運動健將，而且還很帥氣。」

「現在哪能國中那時比，妳太抬舉我了，我現在既沒工作又啃老。」

「這樣正好啊。」

正樹心想這是什麼意思，望向千鶴後，她害羞地將目光別開來。「因為你要是在一流企業上班的話，才不可能跟我一起經營這間店呢，所以對我來說你目前的狀況是絕佳機會。而且啊，我在青春期時對你的強烈憧憬到現在可是一點都沒變喔。」

＊

桃佳在休息室喝著果汁，一邊對亮一這麼抱怨。

「我弟想把看護奶奶的工作推給我，真的是很傻眼。」

「別那麼說嘛，寶田妳就回家幫妳弟呀。」

「為什麼？我弟沒有在工作耶，他一整天待在家裡。」

「姐姐在外上班，弟弟沒有工作待在家裡，所以待在家裡的弟弟一肩扛下看護老人的工作也是理所當然。」

亮一望著半空，彷彿像是在朗讀一樣地這麼說。

他究竟想說什麼。

「寶田妳這番話描述的不就像上班族先生跟專職家庭主婦的關係？」

「什麼？」

「妳試著把剛剛我所說的『姐姐』跟『弟弟』換成『先生』跟『太太』，先生外出工作，太太沒有上班待在家裡，所以待在家裡的太太一肩扛下看護的工作再理所當然不過。」

「我聽妳說以前妳媽因為走投無路所以曾拜託妳幫忙。」

「沒錯，如果她說稍微幫一下忙的話我還能接受，但是她叫我連工作都要辭掉。」

「想必她在精神面上跟體力面上都被消耗殆盡了吧，所以現在才會拋下一切離家出走。」

「我弟他說的話跟我媽很像，如果只是叫我幫忙那也就算了，但他可是一副要我接手的感覺，我覺得很誇張所以才拒絕的。」

「但簡單來說，你弟現在不就是在獨自承擔當時妳媽的辛勞？」

「或許吧。我爸雖然也已經回國了，但他什麼也不會。」

「妳弟他也還不習慣做家事跟看護吧？這樣想的話，他的辛苦可能還是妳媽的好幾倍。」

「話是這麼說沒錯……」

自己絕不想接手看護的工作，拋下好不容易才習慣的工作很可惜，而且不能再跟亮一見面也很難受。

「寶田妳就在不影響到工作的範圍內對他伸出援手嘛。」

「我不幫忙的話，有一天我弟可能也會像我媽一樣走投無路對吧。」

「要不要幫妳奶奶洗澡？不介意的話我很樂意幫忙。」

「真的嗎？」

好久沒有回家了，而且這一趟還有亮一同行。

已經事先跟父親說好會帶公司裡擅長幫老人家洗澡的前輩回家。

走進家門後，父親跟弟弟兩人走上前來迎接。

父親一面說著「回來啦」，一面用吃驚的表情看著亮一。

「妳說很擅長幫老人家洗澡的前輩是這一位嗎？我還以為肯定是個女生呢。」

桃佳跟亮一兩人直直往奶奶的房間前進。

「桃佳好久不見呢，妳還好嗎？是不是瘦了點？抱歉呀，要我在不認識的人面前赤身裸體我辦不到。」

「奶奶妳看這個嘛。」

她把事先準備好的兩件式洗澡用上下衣亮給了奶奶看。

「我可以穿著這個洗澡的意思嗎？」

奶奶這麼問道，接過了衣服，摸了摸衣服的材質、翻過面來看。這套上下衣是雙層紗線材質，上半身是寬鬆的坦克背心，下半身則是有鬆緊帶的裙子。

「妳不用擔心，妳在洗澡的時候不會被看光光的。」

聽見桃佳那麼說，奶奶的表情緩和了下來。

換上泳衣的桃佳抱著奶奶踏進了浴缸。

「哇，好舒服。」

奶奶閉上了眼睛。「泡澡是這樣的感覺啊，我已經好久沒泡澡，都快忘記了。」

穿著T恤跟短褲的亮一在浴室地板上鋪了墊子，將自己帶過來的輔助椅給放好在一旁等候。

接著桃佳就在身體還濕淋淋的狀態下將奶奶抱出浴缸，讓她仰躺在椅子上，然後由亮一支撐著她的身體，桃佳負責洗頭。

洗完頭髮後，用肥皂在毛巾上打出泡沫來擦洗奶奶的脖子跟手臂。桃佳從坦克背心下方將手伸進去搓洗奶奶的背部跟前胸，下半身也同樣地仔細清洗。

「感覺好清爽，擦身體果然還是比不上洗澡，謝謝你們，專業的看護人員果然不一樣。」

走出浴室後，走廊傳來了濃郁的咖啡香。

桃佳走進廚房一看，父親正在沖咖啡。這是母親還在家時不曾見過的光景，看來父親也學會做一點家事了。

「桃佳妳老實說，妳跟福田亮一是男女朋友吧？」

「我就說了我們只不過是同事而已。」

「但是妳都把他帶回家了，兩個人應該是以結婚為前提在交往吧？」

「我就說了不是嘛。」

最近亮一才這麼說。

——我的薪水養不起老婆，所以大概一輩子都會是單身吧。

桃佳聽見他那麼說的當下覺得很不捨，眼淚都要流出來了。今後自己已經決定要一直工作下去，如果能跟亮一長相廝守的話，生活不用過很好沒關係，貧窮也無所謂。雖然自己想這麼對他說，但是想到亮一不曉得是怎麼看待自己的就什麼也說不出口。

「這樣啊，我還想他肯定是妳男朋友。那這樣的話桃佳妳要不要回家住？」

「為什麼？」

「奶奶看桃佳妳回來也很開心的樣子，妳在的話奶奶也可以交給妳照顧。」

「然後你就可以出國去旅行？」

「妳幹嘛講話那麼酸嘛，我一直以來都很辛苦工作，也到了想享福的時候了，也想要一點自己的時間。」

「爸，你別想得太美了。我們這一輩年輕人可是到死為止都得一直工作，要不然就沒飯吃，所以你也跟我們一樣就工作到死吧。」

看見父親在廚房泡咖啡還以為他這回總算洗心革面了，沒想到根本就不是這麼一回事。人這種生物是不會那麼輕易就改變的。

＊

東洋子人在ＪＲ上野車站內的鐵路便當賣場。

「麻煩結帳。」

一位穿著西裝的中年男性遞出了燒肉便當跟罐裝啤酒。

「好的，謝謝惠顧。」

精神飽滿地回話然後接過商品這點倒是沒問題，但是收銀機一開始是要先按哪個鍵？

因為太過緊張了，東洋子現在腦袋一片空白，明明今天早上才學過的，卻什麼也想不起來。

就在東洋子不知該如何是好的當下，這位男性客人一副趕時間的樣子，不耐煩地從錢包抽出兩張千圓大鈔放到了收銀臺上。

「呃，燒肉便當跟罐裝啤酒合計是」

八百七十日圓跟三百六十日圓，所以加起來是多少？

不曉得！

因為不會按收銀機，所以想從自己的錢包拿零錢出來找，但是因為太焦急了就連心算都算不出來。

「呃……不好意思請稍等一下。」

東洋子慌忙地從圍裙口袋中拿出計算機。

「寶田小姐我來。」

就在這個當下，經驗老道的收銀員神野綾子迅速地站到收銀機前。雖說她經驗老道，卻也才不過二十三歲而已。「總共是一千兩百三十圓。」

只見她手腳俐落地按著收銀機，將零錢找給了客人。

「寶田小姐幫忙裝袋。」

「啊，好的，抱歉。」

自己剛剛好像一直呆呆地站在一旁，趕忙手腳俐落地將便當跟啤酒裝到袋裡。

在客人離開後，東洋子向年齡可以當自己女兒的綾子致歉。

「抱歉，真的是非常不好意思。」

一早就緊張得不得了，現在口很渴。

「這也是沒辦法的，一開始大家都很緊繃不知所措的。我剛開始也是這樣的啦。」

綾子人很好地這樣講，真的是很感激她。要是在這個時候被罵個臭頭的話，下個客人上門時肯定又會更緊張。

「謝謝妳。」

「如果有什麼不懂的不用客氣儘管問我，沒有人只學一次就能全部記得的。」

綾子這麼說著，笑了笑。

自己在人際關係上似乎還滿走運的，不管是同一棟公寓的森園靜世或是今天開始成為同事的綾子，碰到她們雖然有違自己的預期，但卻是往好的方向發展。自己一開始還做好了心理準備要迎接緊張的人際關係，也因此大大地鬆了一口氣。

東洋子拿手機拍了一張收銀機的照片，準備回家後好好記下各個按鍵的位置。

「這方法不錯耶，我以前都沒想到要這樣做，寶田小姐妳真聰明。」

綾子看似佩服地說。「我當初也這樣就好了，我一開始都記不起來，被前輩罵得很慘，那個前輩很沒耐心，我每次都被她罵到不知該如何是好。」

過了一陣子客人逐漸變少。

因為清閒了起來，於是東洋子便開始動手幫忙整理商品架、移動商品位置，讓它們可以顯眼一點。

「寶田小姐妳不用那麼賣力啦。不管妳多賣力工作時薪一樣是九百五十日圓而已，妳這麼出力可是吃虧呢。」

綾子一邊苦笑著，這麼說道。

「我這人就是閒不下來，就拜託妳讓我做吧。」

客人每次買了便當東洋子就忍不住想去調整商品的擺放位置，一早開始炸豬排三明治跟手毬壽司就賣得很好，於是商品量出現落差，看起來很不平均。

不曉得是她長年以來擔任家庭主婦的關係，還是說天生就是個性如此，東洋子無法像綾子那樣放空消磨無所事事的時間。

就在東洋子東忙西忙一陣後，店內變得無事可做，於是她接著就拿起掃帚開始清掃店門口，然後用抹布擦拭貨架。偷偷地用手機在玩遊戲的綾子偶然抬起頭跟她對上視線，一副覺得無可救藥的樣子搖了搖頭。

當天晚上，東洋子在公寓房間內凝視著手機。

為什麼正樹不打電話來呢？

他不可能沒有發現到那張寫了地址跟電話的字條。難不成是他一步也沒踏進廚房嗎？

大姐明美在那之後不曉得是不是有每天上門來做晚飯給正樹吃。

那個大姐過來做飯？

那是不可能的……

東洋子一鼓作氣撥了電話回家。

——喂，寶田家你好。

精神抖擻的聲音，讓人想起大學時期的正樹。

而且還只響了兩聲就接起來，電話就放在廚房，不曉得正樹是在廚房做什麼。是在做飯嗎？不可能的。

「喂，是正樹嗎？」

——媽？是妳嗎？

「對呀。」

——媽妳還好嗎？

「我很好，奶奶她人怎麼樣？」

——她很難溝通，我快累死了，奶奶她好任性，媽妳不在很困擾耶。

——欸正樹，鍋裡東西快冒出來了，你火要不要關一下？

剛剛那是丈夫的聲音？他人在日本？

——喂，那電話是東陽子打來的嗎？讓我跟她說話。

——喂，東洋子？

果然是他。

「我在。」

好緊張，他可能會吼我，說不定還會被痛罵一番。

——是我。妳現在住在上野對吧，過得還好嗎？

「嗯，還可以。」

東洋子簡單地向他說明自己現在在上野車站賣便當的工作。

——噢，這樣啊，妳現在在工作了呀。

「媽她還好嗎？」

——妳不用擔心我們，看護跟家事實際做了之後發現其實也不是多難的事。

靜夫很輕鬆地哈哈笑道。

「但是剛剛正樹還說很辛苦的。」

——那傢伙這樣亂講？肯定是因為家裡現在要整修的關係，媽的房間要新蓋一間有洗手臺的廁所，外廊還要架上一條坡道，所以這幾天一直要跟施工的人討論特別忙。不過訂製的輪椅不久後就會送到了，有了輪椅媽就可以在家中自由活動，看護也會變成小事一樁。

東洋子愣到一句話也說不出來。

果然自己不在這個家也沒差。

不，倒不如說自己別待在那個家對他們反而是好事。

就是因為自己不在，他們才會想到要做改善去整修家中、訂輪椅什麼的。

以為自己不在他們就會手忙腳亂，結果那也不過只是自己一廂情願的想法而已。

忘了是何時，藍子曾建議說要讓大膽點放手讓他們想辦法自力更生，那時自己還覺得這種想法很落伍，沒想到搞不清楚狀況的其實是自己。

東洋子在那個當下突然感到相當精疲力竭。

第六章　邁向明日

早春。距離七十歲死亡法的施行時間只剩下一年──。

寶田桃佳人正在特別養護老人院附近的家庭餐廳內。

「你不覺得如果大便散發的味道是檸檬香的話，看護也會變得輕鬆不少嗎？」

聽見桃佳這麼說的亮一笑了出來。

「寶田妳的想法還真是獨特呢。」

一直到前不久為止，桃佳想都沒想過會在吃飯時討論大小便的話題。但是因為現在身處於無可避免要處理排泄物的工作環境，大小便不分場所，時不時會出現在兩人的話題中。

自從那之後，桃佳試著用各式各樣的手段想辦法撫慰亮一奶奶的心靈。桃佳在每天工作結束後就會造訪她的病房，拿宮澤賢治的繪本給她看或是讀給她聽，又或者是會自備隨身聽跟耳機，放巴洛克音樂或是日本童謠給她聽。從那之後，聽主任久子說亮一奶奶晚上變得比較好睡了。

「昨晚我寫了這個。」

桃佳拿出一張紙給亮一看。

——是尊嚴死的宣言書。

1. 在我罹患不治之症後，拒絕任何延命治療。

2. 但即使會加速死亡速度也無妨，請幫我施行可以緩和疼痛的醫療措施。

3. 如果我變成了植物人，請幫我撤除掉維生醫療設備。

「我這樣寫醫生應該可以看得懂吧？」

「妳好會寫喔，上頭再補上日期跟署名就完美了。我也找時間來寫一下。」

亮一的奶奶對他來說是唯一的血親，選擇了可以時時刻刻陪伴在奶奶身邊的工作對他來說是一件開心的事還是痛苦的事呢？應該兩種情緒都有吧。但是相較於開心，想必痛苦的成分比較大吧，他就這樣忍受了這麼多年。

「我覺得看護的工作沒有高薪可以領很說不過去。」

「確實如此。要拿到專業看護的證照是一件很不容易的事。妳看我們看護人員被要求具備不少能力吧？舉例來說，除了要胸襟寬闊以外，還必須要懂得對老人家有禮貌，此外還必須具備一定程度的醫學知識，還要懂得物理復健跟營養學，多到數不清。」

「而且還得反應靈敏加上手腳俐落。」
「沒錯，另外還要懂得察言觀色。」
「老人家很容易陷入憂鬱狀態，所以某種程度上還得扮演精神科醫師的角色。」
「對我來說要我壓抑自身情緒總是開朗待人真的很難。」
「這一點我也是有待加強。」
「仔細想想真的是很辛苦的工作，但是薪水卻還那麼低。」
「但是如果馬飼野總理還在位的話，說不定不久後會提出什麼不錯的政策。」
「真要是這樣就好了。要是我的薪水跟一般人差不多的話我就……」
「你就？」
「呃，嗯，該怎麼說呢……」
「什麼嘛，你說清楚。」
「我等到薪水跟一般人差不多時再說。」
「我現在想知道。」
「不說。」
「無論如何我就是想知道。」

「無論如何我就是不說。」

「啊，對了，要當看護還得具備另一項條件，做看護的必須要很有力氣才行，像我的手臂也強壯了不少。」

「喔，真的耶。」

亮一突然伸出手摸了桃佳的手臂。

這讓桃佳心跳不已。

＊

開始擔任鐵路便當的收銀員後已經過了五個月。

雖然開工第一天對前景非常擔憂，但出乎意料地開始工作三天後就適應了。現在已經可以順利結帳，也能快速地心算。心情穩定下來後，東洋子發現工作其實並不困難。

此外，東洋子還有一項大發現。她從小一直覺得自己是不擅長擺笑臉的人，但是工作歸工作，只要這麼想後，她就發現自己其實也能很自然地露出微笑。對此東洋子自身感到相當驚訝也相當開心。

下午主任來到了賣場，東洋子打從早上就一直盼著他來。

「主任，進貨的量可不可以改一下呢？」

東洋子鼓起勇氣這麼說。

「怎麼說？」

主任是一位三十來歲的男性，他露出驚訝的神情將臉從帳單中給抬了起來。

「想請問您為什麼每次所有便當都進一樣的量呢？燒肉便當總是剩很多，都不曉得該怎麼辦。」

「真的假的，有這麼一回事？」

山岡主任這麼說著一邊翻著帳單。「我看沒這回事呀，昨天跟前天燒肉便當都沒有賣剩很多。」

「那是因為我拚命推銷的關係，但是我感覺吃過燒肉便當的人沒有一個人再來回購，燒肉便當在這個賣場的商品中是數一數二的難吃。」

「寶田小姐妳該不會全部都試吃過了吧？」

「那是當然的呀，如果連好吃不好吃都不曉得就拿來賣的話不是很不負責任嗎？」

「我還是第一次遇到像寶田小姐妳這樣的人。」

「這個燒肉便當的肉很硬，味道又太甜太死鹹，真的是很難吃。吃完後不管喝多少水都還是覺得口渴，這種便當對身體很不好的。建議您要不就要求廠商改善，要不就乾脆換一家。」

「我曉得了，讓我來釐清一下問題。」

主任這麼說道，抱著胸視線移向半空中。

綾子正從收銀臺處偷笑著觀望這副光景。

「嗯，沒錯，好，就這麼辦，這樣做好。」

主任點著頭一個人自言自語道。「從下個月開始麻煩寶田小姐妳來決定進貨數量。」

「您說我嗎？我只不過是一個兼職員工耶。」

「我知道呀，但是賣場收銀全部都是兼職的人在負責的。我的理念是只要能提升銷售業績的話，任何方法都不吝一試。如果不改善的話我自己也是岌岌可危。」

主任笑著這麼說。「我明天會把這半年的銷售業績一覽傳給妳，還請妳考慮看看。」

「這樣呀，那我就試試看好了。」

「另外，妳也去生產這個燒肉便當的松竹梅食品公司指導一下口味如何？」

「您是認真的嗎？」

「我覺得寶田小姐妳很適合。妳長期以來是家庭主婦，做飯應該相當拿手吧。」

「我也不曉得算不算拿手，不過確實應該有一定的水準。」

感覺好像會一口氣變得相當忙碌，不過可以全心全意投身於工作讓人感到很開心。因為現在是一個人住，既毋須操煩家事也不用擔心看護的問題，一天二十四小時完全都是自己的。

「工作不分正職或是兼職，說到頭來還是有沒有熱忱最重要。多虧了寶田小姐妳，我感覺好久不曾像這樣重拾初衷了。」

「我也要重拾初衷。」

綾子一臉認真地這麼說。「不過主任我跟你說，寶田小姐她好像有營養師的證照喔，之後也順便在便當上標示上熱量吧？」

「這個點子不錯呢。看起來很豐盛但實際上熱量很低的便當最近銷路好像很不錯，寶田小姐可以也幫我們計算一下熱量嗎？」

「當然沒問題，順便也把鹽分跟食材產地標註上去吧？」

手機響了起來。

——媽，妳還好嗎？

「是桃佳嗎？」

——之前我回了家一趟，好久沒有回去，一從門口踏進去就覺得房子好臭，媽妳不在就感覺這個家變得好悲慘，廚房的廚餘堆到不像話，奶奶的房間也好髒。

桃佳說的跟老公所說的不一樣。

他會不會是只是在逞強而已？

「那還真是不得了，桃佳妳應該累壞了吧？」

——為什麼我會累壞了？

「因為妳要清理廚房又要倒垃圾，不會很累嗎？」

——別開玩笑了，我才不幹呢。

「那家裡現在是怎麼樣？妳爸跟正樹兩個人應該做不來吧？家裡的廚房我光是用想的就覺得可怕。」

——千萬不可以同情他們，這樣的話媽妳的離家出走就前功盡棄了。

「但是沒有女生當賢內助的話他們什麼也不會吧？」

——賢內助？這個詞現在已經沒人用了好嗎。

「而且妳爸跟正樹是不是一個晚上會被叫醒好多次？」

——這個的話好像已經沒問題了。

根據桃佳的情報，丈夫好像在婆婆房間的地板上鋪棉被睡，婆婆就算半夜醒了過來，隨即就能聽見丈夫的打呼聲，據說她因此覺得安心所以又能馬上睡回去。

——自從媽妳離家出走後奶奶她變了好多，我們兩個人單獨相處的時候她還哭了，說自己對媽妳做了很過份的事。

*

寶田正樹正在裝潢店・峰的辦公室中。

他正對著電腦在輸入估價單。和峰千鶴兩人日後看似會就此結婚。

和先前恍若兩人的澤田登目前正努力在千鶴的手下擔任業務實習。

這三個人成立了「若葉黨」，將辦公室的一角拿來充當黨本部。他們的目標是要將大量的二、三十歲年輕議員送進國會。千鶴在成立若葉黨之際前去拜訪了茉鈴子副大臣，請求她的協助。茉鈴子副大臣當下爽快允諾，上星期還親自登門造訪這間辦公室。正樹跟澤田都不曉得原來千鶴是這麼大膽又有行動力的人，兩人在一旁都看得目瞪口呆。

「節目要開始了喔。」

辦公室最裡面的接待室裡傳來了千鶴的聲音。

今天雖然店休，但內閣成員全都會齊聚於這場電視討論會上，所以三個人就決定一起看。

距離七十歲死亡法的施行只剩下一年，根據情報指出，在明天的國會上這條法案有可能會被迫往廢除方向前進，但萬萬沒想到的是竟然是馬飼野總理親自提議廢除這條法案。

「馬飼野這傢伙的腦袋到底都裝了什麼。」澤田從昨天開始就一直很生氣地這樣唸著。

「今天的收視率應該會飆高。」千鶴也是一臉相當嚴肅的表情。

——今天以馬飼野總理大臣為首，我們邀請到了各部門大臣來到了節目現場。

鷹狩主播的眼神看起來比平時更為銳利，總理則是始終擺出和善的笑臉，兩人形成了強烈對比。

——廢話不多說，總理，您親自提出了這項法案，並且在未經充分審議的情況下就強行通過，但就在要施行的節骨眼您才又提議廢除，這樣的做法我想很難取得全體國民的諒解。

——七十歲死亡法是為了解除日本的財政危機所制定的法案，但是在法律正式施行為止的兩年當中，情況產生了很大的變化。如同各位所知，目前國內已經制定了捐贈制度。

總理用不疾不徐的聲調說明。

——確實如此，我個人相當贊同這項制度。

「沒錯，這項制度很不錯。」千鶴也點著頭這麼說。

捐贈制度被相當詳細地細分。

舉例來說——

九一號的「兒童部門」是針對慘遭父母虐待而被送進育幼設施的孩子所設的捐款項目。

五六號的「太太部門」則是針對遭受先生家暴後躲起來生活的單親家庭的捐款項目。

二一號的「疾病部門」則是針對因為罕見疾病而受苦的病人的捐款項目。

捐款項目就像這樣被細分出來，在網路上或是便利商店就可以輕鬆地以百圓為單位捐款。

由於財政惡化而預算縮減的部門也因此獲救。

——你別開玩笑了！我可是把房子跟土地都給捐出去了。

突然高聲發言的是議員淺丘範子，她是以有人情味出了名的在野黨議員。

——淺丘議員您別擔心。

總理慢悠悠地說。

——什麼別擔心，不曉得自己會活到幾歲的話，每個人都會需要很多錢的。

——國家會照顧淺丘議員您的。

——總理您這話是什麼意思？

鷹狩主播這麼問道。

——我要讓日本成為福利國家，這同時也是亞洲國家中前所未有的嘗試。日本必須要走在前頭擔任亞洲的典範才行。

——總理恕我失禮，就算捐款再多好了，我不認為可以募集到可以照顧所有老人的金額。

——你言之有理，相信各位也曉得，將政治託付給捐款這樣不穩定的來源是萬萬不行的，如果只想靠社會的善意來運轉政治的話，就不配當一位政治家了。

——總理您該不會是打算提升稅率吧？

淺丘的臉色都變了。

——不愧是淺丘議員，您真是敏銳，稅率當然會大幅提升。

——總理，您提出這樣的政策在下回選舉時可是會落選的。

鷹狩主播的目光不懷好意地亮了起來。

——落選？就因為我提升了稅率？就因為我提高稅率然後帶給全民高福利嗎？

總理連珠炮似地說完這番話，露出了微笑。

——話也不是這麼說，當然是要看您提升稅率到什麼程度……。

看鷹狩被壓得死死的還真是少見。

——日本國民不是傻瓜，在七十歲死亡法通過後，大家應該都徹底體會到不用擔心老後生活是怎麼樣的感覺。

「沒錯！」澤田對著電視這樣喊。

「如果只因增稅而在選舉中落敗的話，就表示國民們只是一群只顧眼前近利的傻瓜吧。」

千鶴也表示贊同地這麼說道。

——總理，您這麼做的話在野黨的議員們不會坐視不管的。

雖然鷹狩主播這麼說，但以淺丘議員為首被邀請上節目的議員們個個都沉默地不發一語。

——在大刀闊斧改革之際永遠都會出現巨大的抵抗力量，因為有好處撈、過得太舒服的人太多了。歷代內閣總是屈居於舊有勢力之下這件事眾所皆知，但是我是不會屈服的，也因此我需要借助國民的力量。

——什麼？所以說您是故意制定了七十歲死亡法嗎？

鷹狩主播愣住了。

——正如鷹狩主播您所說。多虧有七十歲死亡法，國民才能做好心理準備跟覺悟。從以前到現在，長瞻性的政策始終無法獲得民眾支持，獲得支持的永遠都是追求眼前利益的政策。但那些政策不過都是一時的；換句話來說，都是沒有計劃性、以黨派利益為出發點的政策。但是，我想現在國民們應該都醒了過來。此外，我也要一併大幅提升最低薪資，我打算制定同一職場同一薪資法，也就是說派遣員工跟打工族的薪水將會大幅提升，這樣一來將會出現大量的轉職潮。我會這麼做，是因為有許多人即使不滿工作也因為怕沒飯吃而不敢離職，但如果人生不用被工作綁死到退休的話，就能促進勞動市場的流動性。

「日本還是很有希望的。」澤田這麼嘟噥著。

——總理，恕我失禮，您這樣的觀點不會太過偏頗嗎？只要願意付出，還是有可能在工作中感受到樂趣的。

鷹狩主播打直了背這麼說完後，茉鈴子就忍不住笑了出來。

——那是因為你當上了電視主播的關係好嗎，如果當得成主播的話，不管是誰都會願意付出的。在不把人當人看的職場上工作過的人是絕對無法像你這麼想的。

茉鈴子一面說道，還對鷹狩眨了一下眼。鷹狩則是看起來一臉訝異，急急忙忙別開了視線。

此時，正樹的腦海中浮現了父親的側臉。

應該是上上週的事吧，跟父親一起炒青菜時他這麼說。

——上班族這份工作賣的就是恥辱，上班族人生就是忍耐的人生。

正樹聽到這番話的當下感到很震驚，同時也體認到了自己的天真。

總理像是要為自己打氣一樣，用力地吸了一口氣這麼說。

——我們的工作現在才要開始，實現民眾打從心底感到幸福的長壽社會是我們的使命。

——說得沒錯！讓受到看護的老人家不要感到罪惡或是愧疚非常重要，如果無法實踐這一點，變老了也不會幸福。

茉鈴子這麼說。

——那麼茉鈴子妳覺得要做到這一點應該怎麼辦才好？

——這個嘛，我變成老太婆後要是可以住進「綠寶石花園」那就太完美了，我聽說那裡的看護人員相當充足，所以不管要叫他們做什麼都不會有所顧慮，而且我還聽說那裏的看護工既和善又有教養，住進去的話一定可以很自在做自己。

鏡頭轉到了鷹狩主播身上，攝影師應該是預期他會接著說話，但他在茉鈴子對他眨眼後就變得很沉默，因此攝影棚感覺也成了內閣成員們閒聊的會場。

——看護工作有機會能擴大內需，所以應該要將看護轉型為高級職業，實際作為就是提高薪水的同時也提升看護的工作形象，我會馬上就讓智庫團隊來試算預算金。

——總理，我有一項提議。

整個攝影棚像是被身兼醫師的厚生勞動大臣安靜的聲音吸引了一樣，靜默了下來。

——像人類這樣大型的哺乳類動物是不會輕易說死就死這一點，應該要在中小學的生物課上好好教給學生知道。人類是不會像蟲鳥一樣那麼輕易就死掉的。

——還有，應該也要讓小鬼頭們知道人總有一天會變老，每個人都會變成老阿公老阿婆的。如果他們不理解這一點的話，是不會懂得善待老人家的。

茉鈴子這麼說。

節目結束後，澤田到茶水間去泡咖啡。

「之前茉鈴子來我們這時我就在想，茉鈴子她是不是對澤田有意思？」

千鶴低聲這麼說。

「什麼！真的嗎？我完全沒有注意到，如果是真的話那就有趣了。」

「把澤田跟茉鈴子送作堆吧。」

正樹還以為千鶴是在開玩笑，但沒想到她表情卻相當認真。

「不過這也要當事人願意才有可能吧。」

「你怎麼說得那麼輕鬆，我們得透過茉鈴子來跟政治界建立關係，不這樣的話是無法拯救貧窮的年輕人的。」

「但是當事人怎麼想的也很重要啊。」

「那兩個人很登對，個性一定也很合，合的合的，一定合。」

正樹最近才發現千鶴只要認定了某件事就很難改變她的想法。

他自己是想以旁觀者的身分在一旁靜觀其成。

「我總算從奶奶那探聽出地下法條是什麼了，真的是很奇妙的流言。」

「我知道喔。」

「妳知道那個流言？是聽誰說的？」

「因為我就是流言的散播者。」

「真的假的？」

正樹吃驚地盯著千鶴看。

「我也是逼不得已的，因為七十歲死亡法搞得我們沒有生意做，很困擾的。所以我才絞盡腦汁去想有沒有什麼方法可以讓老人家願意掏腰包花錢。多虧我散播的流言，突然一口氣有好多人來找我們整修，其中還有人是把自家改造成珠算班教室，我們也因此才有生意做。」

正樹吃驚到說不出話來。

澤田在托盤上裝了三杯咖啡端了進來。

「今晚要開報紙會議喔。」

目前由澤田主導，每個月會發行一次《貧窮人報》。今天剛好是討論下個月號報導內容的日子。自己可以像現在這樣在這裡工作，是因為把奶奶的看護工作託付給爸爸的關係。

以前非常討厭讓外人進家門的奶奶，自從讓姐姐幫她洗過澡後，想法似乎就變了，她最近會讓到府入浴服務的人一週上門兩次。

——專業的不管做什麼手腳都很俐落，小靜完全跟他們比不上。

奶奶在家中的整修完工後變得可以自行上廁所，照顧起來也輕鬆了相當多。至於洗衣服跟煮飯，老爸則是勉強做得來但卻相當吃力。

母親現在雖然跟父親分居中，但她有時會送鐵路便當到若葉黨的黨部來。據說，她現在不只是店員，還會出席鐵路便當菜色的企劃會議。

回到家後，坐在輪椅上的奶奶正在廚房煮紅豆。

「明天把千鶴帶回家來，我請她喝紅豆湯。」

「嗯，我再問她方不方便。」

「正樹，工作很開心吧？我看你表情都不一樣了。」

「是嗎？」

「感覺你好像變帥了。」

當晚，姐打了電話回來。

自從母親離家出走後，姐就頻繁地打電話回家，老爸跟奶奶也變得比較常說話了，這些都是以前不曾有的光景。

——正樹你有沒有幫爸的忙？

「我幫得上忙的地方有儘量幫。」

——那就好，你可不能都把責任都推給他，這樣的話媽的事件可能又會重演。

「我知道啦。」

——我跟福田每次幫奶奶洗澡時，總是會看到她背上的大傷疤，她那個傷呀，過了二十年以上也還是一直沒消失呢。

「什麼傷？」

——交通意外的傷呀。

「奶奶以前出過交通意外喔？」

——不會吧，正樹你不記得了嗎？對了，你那時還小。

「是怎麼樣的意外？」

——那時你差一點要被車子輾過去，奶奶為了保護你結果被車給輾到。

「我以前都沒聽說過這件事。」

——奶奶不顧自己的生命危險衝上前去，就是為了救當時年紀還小的你。

當天深夜，洗完澡的正樹聽到老爸壓低音量說話的聲音從廚房傳來。

「妳不回來嗎？」

看來是跟媽在講電話。

「工作很開心？這樣啊……但如果妳想回來的話隨時都可以回來呀。沒有，我不是這個意思，我沒有要把家事跟看護推給妳，我說的是真的，妳就這麼不相信我嗎？還有……我很抱歉。上週我去幫忙清理社區的水溝，我以前都不曉得清社區水溝是這麼一件耗體力的工作，結束後渾身肌肉痠痛，真的是很抱歉。什麼？我怎麼可能生妳的氣，謝謝妳都來不及了。妳離家出走是對的，我說這話沒有什麼不好的意思，因為妳走了我跟正樹還有媽才會有現在的改變，我感覺事情都在往好的方向前進。對了這週日要不要回來玩？妳應該還沒見過正樹的女朋友吧？什麼，妳們見過了？什麼時候？妳說的若葉黨是什麼？可是……對了，家裡也重新整修過了，不只變漂亮了，來看一看什麼是無障礙空間也會很有收穫喔，所以我才在想妳要不要回家一趟看一看。我現在變得很會泡咖啡，我再煮拉麵給妳吃。噢，我會記得放豆芽菜的。什麼？真的嗎？妳願意過來，真是太好了。」

正樹悄悄地上了二樓。

註解

1 日本傳統民間故事，故事內容描述了達到一定年紀、無法行走的老人家被家人遺棄在山上。
2 在加入了寒天的紅豆餡上包覆一層薄薄的麵粉皮所烤成的傳統日式糕點。
3 此為一句日本成語，用來比喻眾議紛紛、遲遲沒有結果的時候，重量級人物一聲令下讓事態獲得解決的狀況。
4 在日本碰到喜事時有贈送紅白顏色饅頭的習慣。
5 在日本排氣量 750cc 的重型機車俗稱七半，日語中的讀音與「七反」相同。

七十歲死亡法案，通過

（七十歲死亡法案、可決）

作者　垣谷美雨
譯者　李佳霖
總編輯　汪若蘭
執行編輯　顏好安
行銷企畫　許凱鈞
封面設計　倪旻鋒
版面構成　張裕民
發行人　王榮文
出版發行　遠流出版事業股份有限公司
地址　臺北市南昌路 2 段 81 號 6 樓
客服電話　02-2392-6899
傳真　02-2392-6658
郵撥　0189456-1
著作權顧問　蕭雄淋律師
2018 年 12 月 25 日 初版一刷
定價新台幣 320 元

ISBN　978-957-32-8425-3
遠流博識網 http://www.ylib.com E-mail: ylib@ylib.com

國家圖書館出版品預行編目 (CIP) 資料

七十歲死亡法案，通過 / 垣谷美雨著 ; 李佳霖譯 . -- 初版 . -- 臺北市 : 遠流 , 2018.12
面 ;　公分
譯自 : 七十 死亡法案、可決
ISBN 978-957-32-8425-3(平裝)

861.57　　107021453